Chères lectrices,

En prenant mon stylo pour vous écrire ce mois-ci, j'ai réalisé à quel point ce geste était agréable. N'est-ce pas l'un des seuls moments de notre existence tourbillonnante où nous prenons le temps de réfléchir, pour formuler de la façon la plus juste ce que nous ressentons ? Car, en réalité, il n'est pas si facile de communiquer avec nos proches… Bien sûr, le téléphone et les e-mails sont un moyen de rester en contact avec notre famille et nos amis, mais nous permettent-ils de nous exprimer avec autant de liberté et de sincérité que nous le ferions dans une « vraie » lettre ?

Et puis, une lettre, c'est un peu un objet magique. Si elle donne du plaisir à celui qui l'écrit, quel bonheur elle procure à celui qui la reçoit ! Pensez comme il est agréable de trouver dans sa boîte aux lettres, débordant trop souvent de courrier publicitaire, une enveloppe sur laquelle nous reconnaissons une écriture familière… Songez au frisson d'expectative qui nous saisit lorsque nous décachetons l'enveloppe pour commencer avidement notre lecture !

Pour toutes ces raisons, je ne conseille qu'une chose : prendre votre plume et entamer une correspondance avec les personnes qui vous sont chères. Car écrire une lettre, c'est un bienfait qui n'est jamais perdu…

D'ici là, je vous souhaite (aussi !) une excellente lecture, et vous donne rendez-vous le mois prochain.

La responsable de collection

3 gentlemen écossais

Prince malgré lui

BARBARA McMAHON

Prince malgré lui

HARLEQUIN

COLLECTION AZUR

Cet ouvrage a été publié en langue anglaise
sous le titre :
THE TYCOON PRINCE

Traduction française de
MONIQUE LÉVY

HARLEQUIN®

est une marque déposée du Groupe Harlequin
et Azur ® est une marque déposée d'Harlequin S.A.

83-85, boulevard Vincent-Auriol, 75013 PARIS — Tél. : 01 42 16 63 63
Service Lectrices — Tél. : 01 45 82 47 47
ISBN 2-280-20282-4 — ISSN 0993-4448

1.

La longue limousine d'un noir luisant vint s'arrêter en douceur parmi les camions-bennes et les engins maculés de boue, en évitant quelques impressionnants nids-de-poule. Clarissa Duvernay jeta un coup d'œil sur le chantier de construction qui s'étendait devant elle. Des clôtures métalliques délimitaient le site de la future galerie marchande, qui n'était encore qu'un ensemble de structures en béton entourées de bois. Une de plus, songea-t-elle, car ce coin de Californie regorgeait de centres commerciaux.

Avec un profond soupir, elle tenta de se concentrer sur la mission qui lui était confiée et d'observer les nombreux ouvriers qui s'affairaient tout autour. Lequel d'entre eux pouvait bien être l'homme qu'elle cherchait ? Aucun ne lui parut ressembler de près ou de loin à Philippe. Un garçon qui avait passé sa jeunesse à jouer au polo et à danser en boîte de nuit ne pouvait certes pas arborer la rude musculature de ces travailleurs manuels.

Pourtant, lorsqu'elle avait appelé la société de construction le matin même, on lui avait confirmé qu'un certain Jake White faisait bien partie de l'entreprise. Elle s'était imaginé qu'ils n'étaient qu'une poignée et qu'elle pourrait facilement le reconnaître. Mais elle se trouvait maintenant devant une centaine d'hommes en activité, les uns portant des poutres, d'autres coulant du béton, d'autres encore poussant des chariots chargés d'éléments métalliques.

Son chauffeur qui scrutait lui aussi la foule des ouvriers se tourna vers elle.

— Dois-je aller me renseigner, mademoiselle ?

— Oui, en effet. Demandez Jake White, s'il vous plaît.

Clarissa ne se sentait pas le courage d'aller elle-même s'adresser à un responsable. Mais justement, un homme qui semblait être le contremaître du chantier s'approchait de son chauffeur. Après avoir échangé quelques mots avec lui, il pointa l'index vers le sommet de l'édifice en construction puis donna un coup de sifflet et fit un signe de la main. Clarissa aperçut un homme qui se redressait et répondait à son appel.

Elle retint son souffle en le voyant marcher nonchalamment sur une poutre métallique et descendre par une échelle le long du mur de béton. Bien qu'il se trouvât à plusieurs mètres du sol, il semblait évoluer sans la moindre appréhension. Il portait le casque réglementaire, dont s'échappait une mèche de cheveux noirs, et un pantalon bleu, comme les autres ouvriers. Mais, contrairement à ses camarades, il avait noué autour de sa taille sa chemise déboutonnée, exhibant un magnifique torse bronzé.

Les yeux rivés sur sa silhouette, Clarissa déglutit avec peine. S'il s'agissait bien de celui qu'elle recherchait, elle s'était trompée quant à sa probable apparence physique. En effet, il était encore plus musclé que les autres ouvriers alentour.

Une fois au sol, il se dirigea à grands pas vers les deux hommes qui l'attendaient. Plus il s'approchait, plus Clarissa sentait son cœur s'affoler. Qu'il était beau ! Sa démarche évoquait celle d'un grand fauve à la trompeuse nonchalance. Il possédait un côté à la fois noble et sauvage, et un sex-appeal totalement incompatible avec le rôle qu'il aurait à assumer. Mais il avait beau avoir été élevé aux Etats-Unis et porter un nom américain, on ne pouvait douter un seul instant de son origine en le voyant.

Oui, c'était bien Jean-Antoine Simon Hercule Le Blanc, le prince héritier de l'Etat de Marique…

Clarissa tenta de recouvrer son sang-froid. S'il ressemblait à une star capable de faire se pâmer toutes les femmes à son approche, ce n'était pas son affaire. Elle n'était pas supposée fantasmer sur le charme de son futur souverain ! L'actuel prince n'avait sans doute aucune idée des passions que son successeur allait déclencher dans son royaume, mais peu importait, après tout !

Elle sortit de la voiture pour aller à sa rencontre, se frayant un passage parmi les divers obstacles qui jonchaient le chantier. Quelques sifflets admiratifs s'élevèrent autour d'elle, mais elle n'y prit pas garde. Ses yeux ne quittaient pas la haute silhouette dont elle s'approchait lentement.

Philippe, lui, n'était pas aussi grand. Mais elle repoussa les images qui l'assaillaient. Il fallait à tout prix oublier Philippe. Elle était en train d'accomplir une mission pour le compte de son pays. Le prince l'avait chargée de lui ramener son petit-fils, et cela devait être sa priorité absolue. Il l'avait choisie parce qu'elle était l'ex-fiancée de Philippe, le cousin de Jake, et appartenait à la même génération que lui. Elle mesurait parfaitement l'honneur qui lui était fait et se jurait de mener à bien sa mission.

Soudain, à son approche, il tourna le visage vers elle et ses yeux se promenèrent avec lenteur et sans vergogne de la racine de ses cheveux roux jusqu'au bout de ses chaussures de luxe. Elle tenta de juguler le trouble qui venait de s'emparer d'elle en faisant appel à l'expérience qu'elle avait acquise depuis quelques années. Par chance, elle ne perdait plus son sang-froid sous le regard concupiscent de la gent masculine.

— Carl m'a dit que vous désiriez me voir ? demanda-t-il d'une voix grave et posée quand elle l'eut rejoint.

— Vous êtes Jake White, n'est-ce pas ?

— En effet, et vous, qui êtes-vous ?

— Mon nom est Clarissa Duvernay. Je représente Sa Majesté Guilliam, le prince de Marique, votre grand-père.

Les yeux de l'homme s'assombrirent.

— Je n'ai pas de grand-père.

Puis il tourna les talons et s'éloigna tandis que Clarissa, abasourdie, mettait quelques secondes à réagir.

— Attendez ! cria-t-elle enfin.

Il daigna se retourner et haussa les sourcils. Clarissa le rattrapa aussitôt.

— Je suis sûre que vous êtes bien la personne que je cherche. Votre mère s'appelait Margaret Lansing, n'est-ce pas ? Et votre père était le prince Joseph !

Il la prit par le bras et l'entraîna un peu plus loin, pour éviter que ses compagnons ne les entendent.

— Que me voulez-vous ?

— Répondez-moi. Vous êtes bien le fils de …

— Oui ! De Maggie et de Joe ! Et alors ?

Il avait une cicatrice sur l'épaule dont la forme évoquait une feuille de séquoia, le fameux arbre de Californie. Paralysée par sa réaction, Clarissa ne pouvait en détacher les yeux. Elle avait imaginé qu'il serait enchanté d'être enfin reconnu par sa famille…

Le simple contact de la main de Jake sur son bras la rendait nerveuse et une brusque bouffée d'adrénaline lui coupa le souffle. Le chantier qui l'entourait lui paraissait de plus en plus flou et lointain. Elle n'allait pas s'évanouir, tout de même !

Ce fut la conscience du devoir à accomplir qui la sauva : elle parvint à retrouver une respiration normale. Au lieu d'admirer stupidement ses muscles bronzés, elle fit un effort pour lever les yeux et croiser les siens.

— Son Altesse votre grand-père m'a chargée de vous ramener en Marique. Il vous invite à visiter son pays et j'ai l'honneur d'être votre accompagnatrice.

Sur cette déclaration, elle prit dans son sac une lettre et la tendit à son interlocuteur éberlué qui refusa de la prendre.

— C'est inutile. Je n'ai aucune intention de me rendre en Marique.

Tandis qu'il disait ces mots, il la regarda de nouveau de la tête aux pieds, et Clarissa sentit une intense chaleur envahir tout son corps. Elle préféra se persuader que le soleil de Los Angeles était seul responsable de son malaise et tenta de se ressaisir.

— Mais le prince a besoin de vous ! La couronne...

Il laissa fuser un rire amer.

— Il a besoin de moi ? Mais où était-il quand nous avions besoin de lui ?

— Je... je ne sais pas de quoi vous voulez parler..., bredouilla Clarissa qui voyait sa mission tourner au cauchemar.

Elle qui était si heureuse de se rendre en Amérique et de tourner ainsi une page douloureuse de sa vie ! Mais, à part quelques informations qu'elle tenait de Philippe, elle savait très peu de choses sur Jake.

— Quand mon père est mort et que ma mère s'est retrouvée seule pour m'élever, elle n'a reçu aucune aide de ma famille ! Et un peu plus tard, quand elle a été gravement malade et que j'ai écrit au prince, il n'a jamais pris la peine de me répondre !

Clarissa était bouleversée.

— Je crois que vous n'avez pas bien compris. Votre oncle, le prince héritier, et son fils sont morts tous les deux dans un accident, et vous êtes le seul à pouvoir aujourd'hui prétendre au trône. Il est temps pour vous de revenir en Marique et d'assumer vos responsabilités !

Jake ne détachait plus son regard de celui de Clarissa. En réalité, il songeait à son père, ou plutôt à l'image qu'il s'en faisait. Sa mère lui avait raconté comment le beau prince play-boy l'avait épousée, elle, la petite danseuse de Las Vegas, puis avait trouvé la mort quelques mois plus tard dans une course automobile, juste après sa naissance.

Elle avait alors tenté de prendre contact avec le prince de Marique, mais sans succès. Elle avait donc élevé son fils toute seule, en lui parlant quelquefois de sa famille d'Europe, notamment du frère aîné de son père, Michael, qui avait un fils de son âge. Quand le petit Jake demandait pourquoi son cousin Philippe ne lui rendait jamais visite, elle se bornait à répondre qu'il habitait trop loin. Il n'avait appris la vérité que beaucoup plus tard.

Son enfance s'était déroulée dans le quartier le plus pauvre de Las Vegas. Sa mère travaillait jour et nuit pour gagner sa vie, jusqu'au moment où elle était tombée gravement malade. Elle devait mourir peu de temps après. Jake n'était qu'un adolescent à l'époque, mais il avait pris l'initiative d'écrire à son grand-père pour lui demander de l'aide. Il n'avait jamais reçu la moindre réponse.

Et maintenant, ce vieillard sans cœur faisait appel à lui parce qu'il n'avait plus d'autre descendant pour lui succéder ? Jake avait été élevé comme un jeune Américain, et il ne se sentait pas la moindre attache avec cette petite principauté située entre la France et l'Espagne où il n'avait nullement l'intention de se rendre.

— Tout cela ne m'intéresse pas, dit-il froidement à Clarissa avant de lui tourner le dos.

— Laissez-moi juste vous expliquer ! cria-t-elle en le poursuivant.

Il jeta un coup d'œil à sa montre.

— Excusez-moi, mais le travail m'attend.

— Oh, oui, je comprends... Alors, prenons rendez-vous un peu plus tard pour parler... s'il vous plaît ! Je vous invite à dîner !

Durant quelques instants, Jake parut songeur. L'idée de sortir avec cette belle jeune femme à la chevelure flamboyante ne le rebutait pas, mais le croyait-elle si démuni qu'il ne puisse lui offrir un repas au restaurant ?

— D'accord. Où dois-je passer vous prendre ? Je ne possède pas de limousine, mais j'ai quatre roues, là.

Au hasard, il désigna un vieux camion garé tout près. Il ignorait à qui il appartenait, mais il voulait tester la réaction de son élégante interlocutrice. En la voyant jeter un coup d'œil horrifié au véhicule, Jake faillit éclater de rire.

— Euh… je passerai plutôt vous chercher moi-même. J'ai loué une voiture avec chauffeur.

Jake hocha la tête. Son envie de la taquiner ne faisait que croître.

— Retrouvons-nous directement au restaurant, si vous préférez. J'en connais un sympathique où on mange du poulet-frites avec du ketchup.

Clarissa déglutit avec difficulté.

— Eh bien… je songeais plutôt à un endroit calme où nous pourrions bavarder tranquillement. Venez donc à mon hôtel, je réserverai une table pour 19 heures.

Elle n'attendit que son acquiescement pour rebrousser chemin en maudissant ses hauts talons de s'enfoncer dans la boue du chantier alors que tous les regards masculins étaient rivés sur elle.

Quand elle eut disparu au fond de la voiture noire, Jake s'aperçut qu'il n'avait pas quitté des yeux ses hanches gracieuses dont le balancement était pour un homme un spectacle enchanteur. Mais il n'était pas question pour lui de fantasmer sur cette belle rousse. Sa vie était planifiée et l'amour ne pouvait y avoir aucune place pour le moment.

Et il n'oubliait pas que cette jeune personne, aussi charmante soit-elle, était l'envoyée de l'homme qu'il avait haï le plus au monde, à savoir son intraitable grand-père. Tout au long des années, il avait appris à reléguer au fond de son esprit une rancune inutile qui, parfois, ressurgissait malgré lui.

Hochant la tête, il se décida à reprendre sa tâche. Il n'avait pas de temps à perdre ! Il était venu ce matin-là sur le chantier pour contrôler l'avancement des travaux car, le lendemain, il devrait retourner à l'agence pour travailler à d'autres projets. Et il était heureux de se trouver en plein air avec les ouvriers, de grimper sur la construction, de sentir l'odeur du béton frais, au lieu de rester enfermé dans son bureau.

Oui, l'époque du désir de vengeance était révolue. Il était en train de réussir sa vie, et avait désormais bien autre chose en tête.

Il était 19 heures pile quand Jake entra dans le hall du grand hôtel où il avait rendez-vous avec Clarissa. Elle n'était pas encore là et il se demanda s'il devait la faire appeler. Peut-être le feraitelle monter dans sa chambre ?

Il prit place dans l'un des profonds fauteuils de cuir qui faisaient face à l'ascenseur pour guetter son arrivée. Il avait beaucoup pensé à elle depuis quelques heures, en se demandant pourquoi son grand-père lui avait envoyé cette jeune femme au lieu de lui écrire, par exemple. Le protocole, peut-être ? Ou alors, il comptait sur le pouvoir de séduction de Clarissa Duvernay pour le convaincre…

Soudain, la porte de l'ascenseur s'ouvrit et elle apparut. Jake retint son souffle. Elle portait une robe de soie bleu sombre qui dévoilait des épaules sublimes et s'arrêtait à la hauteur de ses genoux. Ses jambes avaient un galbe parfait, comme il avait déjà pu le constater le matin même. Quant à sa taille, moulée dans l'étoffe légère, elle était d'une finesse qui soulignait encore la courbe gracieuse de ses hanches.

La beauté de son visage était rehaussée par la masse de ses cheveux roux rassemblée en chignon et par un collier de diamants et de saphirs qui l'éclairaient de tous leurs feux. Elle était superbe, et Jake ne pouvait nier le trouble qu'elle faisait naître en lui. Il lui faudrait beaucoup de volonté pour se rappeler à chaque instant qu'elle était la messagère du prince Guilliam !

Soudain, il se sentit un peu mal à l'aise dans la tenue décontractée qu'il avait choisie : un jean et une veste « sport » sur une chemise blanche sans cravate. Comment allait-elle réagir en le voyant ainsi vêtu ? Tout en soupirant, il se leva pour aller à sa rencontre.

— Vous êtes charmante, dit-il sobrement.

— C'est un grand honneur pour moi de dîner avec vous, répondit-elle d'un ton poli.

Elle le précéda jusqu'à la salle de restaurant où on leur avait réservé une table près d'une fenêtre. Une fois assis, il tenta de déchiffrer sur le visage de Clarissa un indice qui pût trahir ses pensées, mais elle gardait un masque souriant qui n'en laissait rien transparaître, et semblait ignorer totalement les regards des autres clients alentour. Jake commençait à regretter d'avoir voulu l'agacer en s'habillant le plus simplement possible.

Au bout de quelques instants, il dut même s'avouer qu'il la trouvait plutôt sympathique. Mais la déférence avec laquelle elle s'adressait à lui ne tarda pas à le gêner. Comme il lui en faisait part, elle leva sur lui des yeux ingénus.

— C'est normal. Vous êtes mon futur souverain.

— Moi ? Sûrement pas ! Renoncez tout de suite à cette idée, je vous en prie !

— C'est un fait, pourtant. Le prince Michael et son fils Philippe ont disparu dans un accident de hors-bord. Le prince Guilliam a été anéanti par la douleur, comme vous pouvez l'imaginer. En fait… nous l'étions tous.

Son regard se perdit au loin et s'embruma discrètement, et Jake put y lire une grande tristesse. Pour sa part, il avait vaguement entendu parler par les médias du décès de son oncle et de son cousin, mais il n'avait pas prêté grande attention à cette nouvelle.

— Selon la loi, vous êtes l'unique héritier de la couronne, comme je vous l'ai dit. J'ai été envoyée ici pour vous convaincre de venir régner sur la principauté de Marique. A propos, vous ne parlez pas français, je suppose ?

— Non. Mais je pratique l'espagnol, car de nombreux travailleurs ici sont mexicains. Mais vous-même, vous parlez un anglais irréprochable.

— J'ai fait mes études en Angleterre. Notre langue officielle est le français, mais beaucoup de nos concitoyens parlent espagnol. Vous pourrez en faire usage.

— Non, puisque je n'irai pas là-bas.

Clarissa laissa échapper un léger soupir. Comment allait-elle pouvoir le persuader de la suivre au pays, ne serait-ce que pour une simple visite ? Peut-être alors comprendrait-il que la vie qui l'attendait en Marique serait moins dure que celle de travailleur manuel !

— Je comprends ce que vous ressentez..., murmura-t-elle.

— Vraiment ? Votre père est-il mort quand vous n'étiez encore qu'un bébé ?

— Non, Dieu merci, il est encore vivant et en bonne santé !

— Est-ce que votre famille paternelle vous a reniée ?

Elle fit non de la tête.

— Alors, vous ne pouvez pas me comprendre.

— Disons que je peux imaginer ce que vous ressentez... Mais réfléchissez ! Voulez-vous vraiment passer votre vie un marteau à la main ?

Elle prit le sourire amusé de Jake pour un nouveau refus ironique.

— Venez au moins faire un bref séjour en Marique. Vous serez honoré par le prince.

— Vraiment ? Alors qu'il m'a ignoré pendant trente-deux ans ?

— Tout est différent aujourd'hui. Vous serez sacré prince à votre tour au cours d'une fastueuse cérémonie... quand vous serez prêt à l'accepter, bien sûr.

— Et si je refuse de vous suivre ?

Clarissa se tut quelques instants. Elle ne voulait même pas songer à cette hypothèse. Il était impossible que Jean-Antoine refuse le trône ! En six cents ans d'histoire de la principauté, jamais un souverain n'avait hésité à assumer son rôle. Elle lui adressa un regard désespéré.

— Alors, j'aurai échoué à remplir ma mission. Mais le prince ne s'en tiendra pas là, et enverra quelqu'un d'autre pour vous convaincre. Il dépêchera l'un de ses ministres, et si cela ne suffit pas, je crois qu'il serait capable de venir lui-même vous rencontrer ici.

— C'est impossible ! Ce serait très mauvais pour son image !

— Il pourrait fort bien venir incognito.

— Mais il ne peut pas me forcer à lui obéir, même s'il prétend maintenant se conduire à mon égard comme un aïeul ! Si votre fils décidait de quitter la maison, oseriez-vous l'en empêcher ?

— Je ne suis pas mariée et je n'ai pas d'enfant, alors je ne peux pas vous répondre. Et d'ailleurs, dans la mesure où je ne connais pas toute votre histoire, je ne suis pas à même de juger de vos intentions.

— Pourquoi ?

— Pardon ?

— Pourquoi n'êtes-vous pas mariée ?

Clarissa dut baisser les yeux pour lui cacher son malaise. Il y avait un an déjà que Philippe avait disparu, et la douleur était toujours présente en elle. Pourtant, elle aurait dû commencer à s'atténuer.

— J'étais fiancée à Philippe, votre cousin. Je ne pense pas retrouver un jour un amour semblable à celui que nous avons partagé.

Jake se mit à la regarder d'un air vaguement sarcastique.

— Si je devenais prince de Marique, nous pourrions nous marier et vous deviendriez tout de même princesse…

Clarissa devint subitement pâle comme une morte. Les mots de Jake, même s'ils n'étaient dits que par taquinerie, étaient un outrage qu'elle ne pouvait tolérer. Se rendait-il compte de l'incongruité de sa remarque ? Elle laissait entendre en effet qu'elle ne s'était fiancée à Philippe que pour son titre ! Comment osait-il lui parler ainsi ?

Le protocole aurait exigé qu'elle ignore l'insulte de son futur prince et se garde de réagir. Mais l'émotion était plus forte et elle ne put se contenir. Elle se leva d'un bond, saisit son sac à main et se dirigea vers la sortie du restaurant sans un mot, la tête haute.

Si elle était restée assise en face de lui, Dieu sait quelle injure elle aurait pu lui jeter au visage ! Ses yeux étaient noyés de larmes tandis qu'elle se hâtait vers l'ascenseur. Vraiment, cet homme n'était pas fait pour régner sur la principauté de Marique ! Sa Majesté Guilliam s'était lourdement trompée en voulant placer sur le trône un tel rustre ! Elle allait le mettre au courant et n'attendrait plus qu'un ordre de son souverain pour retourner dans son pays.

Elle décida de téléphoner dès le lendemain matin au prince, en espérant bien qu'elle trouverait de la place sur le premier avion pour Paris. Quant à Jean-Antoine, elle souhaitait ne plus jamais le revoir et regrettait bien tous les efforts de diplomatie et d'amabilité qu'elle avait déployés pour lui !

Il pourrait lui présenter toutes les excuses du monde, elle se promettait de rester intraitable. Qu'il continue à rôtir toute sa vie sous le soleil en travaillant comme un esclave et finisse comme un miséreux, c'était tout ce qu'il méritait ! Il n'était pas digne de la noble famille dont il était issu !

— Clarissa ! Attendez !

Au son de sa voix, elle se mit presque à courir de peur qu'il ne la rattrape. Elle appuya frénétiquement sur le bouton d'appel de l'ascenseur en priant pour que la cabine arrive vite.

— Clarissa… Je suis sincèrement désolé.

Il l'avait rejointe et se tenait à son côté, l'air repentant, mais elle ne daigna pas lui accorder le moindre regard. D'ailleurs, elle avait encore les yeux pleins de larmes et les tenait fixés sur la porte de l'ascenseur, qui s'obstinait à se faire attendre !

— Je ne me suis pas rendu compte de ma grossièreté, pardonnez-moi…, murmura-t-il d'un air contrit.

Clarissa ne prononça pas un seul mot, ne fit pas un seul geste. Elle souhaitait désespérément se retrouver le plus vite possible dans sa chambre, seule, loin de cet insupportable individu qui insistait lourdement.

— Clarissa, je vous en supplie, dites quelque chose ! Si je le pouvais, je ravalerais cette phrase stupide ! Oh, je ne sais pas ce qui m'a pris de faire une plaisanterie aussi déplacée… Je ne voulais pas vous blesser.

Elle laissa échapper un soupir d'impatience et s'adressa à lui sans le regarder.

— C'est pourtant ce que vous avez fait. Nous n'avons plus rien à nous dire. J'informerai le prince demain matin de votre décision.

Il toucha à peine son bras qu'elle retira vivement, avec un geste de mépris. Cet homme lui était totalement étranger. Comment pouvait-il être le cousin de Philippe ? Il avait les manières d'un goujat ! Non, elle ne l'imaginait vraiment pas à la tête de son pays !

Il la retint alors qu'elle montait dans l'ascenseur.

— Ecoutez ! Si vous étiez assez bonne pour me pardonner… j'accepterais de vous accompagner en principauté de Marique.

Comme elle restait figée par la stupeur, il hocha la tête.

— D'ailleurs, je crois que j'ai à parler à mon grand-père…

2.

Le lendemain matin à la première heure, Clarissa appela le prince Guilliam pour l'informer qu'elle arriverait bientôt avec Son Altesse le prince Jean. Mais après avoir raccroché, elle dut s'avouer qu'elle n'était pas très optimiste et se sentait plutôt mal à l'aise.

Jake lui avait demandé un délai de quelques jours pour pouvoir organiser son travail puisqu'il devrait s'absenter deux semaines. Elle avait été un peu surprise, pensant qu'il lui suffisait d'informer son contremaître. Et même s'il prenait le risque de ne pas retrouver d'emploi à son retour, c'était sans importance, sachant qu'un royaume l'attendait !

Mais il avait insisté pour qu'elle comprenne bien dans quel état d'esprit il se trouvait en acceptant de se rendre en Marique : ce n'était qu'une simple visite, pas un engagement de sa part. En tout cas, elle considérait quant à elle que sa mission était accomplie. Restait maintenant au prince à convaincre son petit-fils de lui succéder !

Son seul problème désormais serait de parvenir à garder son sang-froid en présence de Jake après sa remarque grossière de la veille. Elle s'était sentie extrêmement blessée, car elle avait aimé Philippe de tout son cœur et souffrait encore de l'avoir perdu.

Un peu désœuvrée en attendant l'heure de retrouver Jake, elle se mit à ranger ses affaires. Les deux billets pour Paris étaient bien dans son sac. Une fois là-bas, ils emprunteraient le jet privé du prince pour rejoindre leur pays.

Jake avait insisté pour l'inviter à dîner et elle n'avait pu refuser. Mais elle appréhendait un peu de le revoir, tout en espérant que les choses se passeraient mieux que la veille.

Son regard se perdit à travers les larges baies de sa chambre d'hôtel au-delà des hauts gratte-ciel qui l'entouraient. Los Angeles lui paraissait vraiment une ville étrange. Et plus étrange encore l'homme qu'elle avait été chargée de rencontrer là. Elle ne se souvenait pas d'avoir éprouvé de sa vie un tel choc en voyant un torse masculin dont les muscles luisaient au soleil…

Elle serra les poings en se promettant d'oublier cette stupide réaction, dont elle ressentait encore les effets vingt-quatre heures plus tard. D'accord, Jake était un bel homme, il n'était pas le premier qu'elle rencontrait au cours de sa vie ! Pourtant, aucun d'eux n'avait réveillé à ce point sa féminité, elle devait bien se l'avouer…

Elle dut faire un effort pour penser à autre chose. Par exemple, qu'elle devait respect et loyauté à son futur prince. Mais qu'en serait-il si elle l'avait rencontré en d'autres circonstances…? Fort heureusement, la sonnerie du téléphone vint mettre un terme à ses divagations.

— Clarissa ? C'est Jake. Bonjour.

— Bonjour, Votre Altesse.

Il y eut un instant de silence au bout du fil. Clarissa pouvait entendre le tintamarre du chantier en bruit de fond.

— Appelez-moi Jake.

— Je… je ne peux pas.

— Si je suis prince, ne puis-je vous ordonner de m'appeler par mon prénom ?

— Eh bien… si. Très bien, euh… Jake.

— Bravo ! Je vous appelle pour le dîner de ce soir. Je viendrai vous chercher. Avez-vous un jean dans vos bagages ?

Après une légère hésitation, elle s'efforça de donner un ton chaleureux à sa réponse.

— Euh, non, je n'ai pas de jean... mais une robe toute simple fera l'affaire, peut-être ?

— Ah, vous n'avez pas l'habitude de la Californie ! Nous sommes moins formels que vous. Ici, des gens très chic sortent en jean un peu n'importe où, vous savez ! Pourquoi n'allez-vous pas en acheter un cet après-midi ?

— Vous croyez ? Oui... peut-être...

— A ce soir ! Je vous attendrai dans le hall à 18 heures.

Clarissa raccrocha d'un air éberlué. Décidément, Jake ne voulait pas être prince, mais il s'y entendait pour donner des ordres ! Elle se demanda si elle devait envisager les détails de sa visite avec lui car elle se doutait qu'il n'accepterait aucune obligation. Il l'avait bien avertie qu'il se rendait en Marique seulement pour dire à son grand-père ce qu'il pensait de lui. Elle craignait fort que leur entrevue ne se passe plus mal que prévu, mais ce n'était pas son problème...

A l'heure dite, Clarissa prit l'ascenseur pour retrouver Jake, le cœur battant et pas très à l'aise dans son jean flambant neuf. Le vendeur lui avait conseillé un modèle moulant et élastique en l'assurant que c'était la mode. Il était vraiment confortable, il fallait l'avouer, mais il révélait ses courbes naturelles un peu plus qu'elle ne l'aurait souhaité.

En tout cas, les deux hommes qui étaient montés dans la cabine avec elle semblaient apprécier sa silhouette et elle ne put réprimer un sentiment de fierté en le constatant. Le polo de coton jaune pâle qu'elle avait choisi pour compléter sa tenue mettait lui aussi en valeur sa plastique. C'était la première fois qu'elle renonçait à porter des teintes sombres depuis le décès de Philippe. Hélas, elle ne pourrait plus songer à s'habiller pour lui plaire...

Mais ce soir, curieusement, elle n'avait pas eu envie de porter des vêtements de couleur triste pour dîner avec Jake.

Quand les portes de l'ascenseur s'ouvrirent, elle le vit aussitôt, nonchalamment installé sur une banquette de cuir. Elle eut un sursaut. Mon Dieu, elle avait oublié depuis la veille à quel point il était beau ! Il portait l'incontournable jean californien qui moulait parfaitement ses longues jambes de sportif et un polo blanc laissant deviner ses épaules musclées. Il se leva pour l'accueillir.

— Vous êtes ravissante, et ce jean vous va à merveille.

— Merci, s'efforça-t-elle de répondre d'un air évasif.

Il la prit par le bras pour l'entraîner au dehors. Elle ne parvenait pas à se dire que cet homme était son futur prince. Il marchait avec une grâce féline et d'un pas qui lui parut s'accorder parfaitement au sien. L'attention étonnante dont il l'entourait et son regard charmeur la rendaient nerveuse, bien qu'elle fasse d'immenses efforts pour se maîtriser. Elle n'était pas là pour flirter mais pour remplir une mission ! Elle se mit à regarder droit devant elle pour échapper un peu à son pouvoir et s'efforça d'afficher un air serein alors que son cœur battait à se rompre.

Tandis qu'ils marchaient côte à côte dans la lumière dorée de cette fin d'après-midi, Clarissa se demandait où il pouvait bien avoir garé son vieux break. Sans doute le portier de l'hôtel l'avait-il prié de ne pas le laisser dans les parages ?

Soudain, il lui prit le bras pour l'arrêter, et elle ne put réprimer un frisson. Il l'avait davantage touchée en deux jours qu'aucun autre homme depuis un an. Pour lui, cela n'avait d'ailleurs aucune signification et elle se demandait pourquoi elle réagissait de la sorte.

Il lui désigna une magnifique moto de grosse cylindrée qui brillait de tous ses feux, et dont il eut tôt fait d'extraire deux casques rutilants. Elle le regarda, stupéfaite.

— C'est donc… euh, votre… moyen de transport ?

— Vous n'avez jamais fait de moto ? lui demanda-t-il en riant.

Elle secoua la tête avec une expression terrifiée.

— Oh non ! C'est trop dangereux ! Où est votre break ? Je vais appeler ma limousine de location ! Ou bien dînons ici, ce sera plus simple…

— Non, prenons la moto, ce sera bien plus sympathique, vous verrez. Vous ne risquez rien avec moi, je vous le jure. Je n'ai jamais eu d'accident.

— Jusqu'ici, peut-être…

Elle avait déjà eu assez peur en voiture dans l'épouvantable trafic de cette ville gigantesque ! Et il faudrait qu'elle l'affronte sans même un toit au dessus de sa tête ? Quelle horreur !

— Ne faites pas de manières, voyons, vous ne le regretterez pas !

Il lui tendit l'un des casques. Tandis qu'elle le mettait sur sa tête en tremblant, il prit place sur l'engin avant d'ajuster le sien.

— Allez, montez ! dit-il d'un air engageant.

Elle jeta un coup d'œil sur le siège minuscule derrière lui. Elle allait devoir se plaquer contre son dos si elle voulait garder son équilibre sur ce bout de cuir inconfortable !

— Non… euh, écoutez… je ne suis pas sûre que ce soit une bonne idée…

— Allons, un peu de courage ! Je vous emmène à la plage, vous ne le regretterez pas, vous verrez.

Clarissa ne put retenir un frisson. Les paroles enthousiastes de Jake lui rappelaient la manière dont Philippe évoquait la mer, dont il était littéralement fou amoureux. Soudain résignée, elle enjamba avec grâce la moto pour se jucher derrière lui.

— Mettez vos bras autour de ma taille et serrez-vous contre moi dans les virages, lança-t-il par-dessus son épaule.

Elle lui obéit et, dans son mouvement pour trouver le repose-pieds, se rapprocha même jusqu'à ce que ses jambes frôlent les siennes. Le cœur battant, elle passa ses bras autour de son torse, avec la curieuse impression de se blottir contre lui.

Les muscles de Jake lui semblèrent incroyablement durs, mais elle n'eut pas le temps d'épiloguer sur le sujet car le moteur se mit au même instant à rugir comme un fauve. Les battements de son cœur s'accélérèrent dangereusement. Quand l'engin bondit en avant, sa poitrine vint se poser malgré elle contre le dos de Jake, tandis que les effluves de son eau de toilette envahissaient ses narines.

Il lui sembla qu'ils roulaient déjà à vive allure, mais Jake ralentit pour aborder le tournant où se trouvait l'hôtel. Puis il commença de se faufiler avec aisance parmi les autres véhicules au cœur du trafic.

Clarissa avait beaucoup de mal à recouvrer son sang-froid. Qu'aurait dit sa mère si elle l'avait vue accrochée à son futur prince comme une huître à son rocher ?

Mais peu à peu, sa frayeur fit place à un certain plaisir. La caresse de l'air tiède contre ses joues et la souplesse des déhanchements que lui imposait la machine faisaient de cette course sous le soleil un moment bien plus agréable qu'elle ne l'aurait imaginé.

Avant de la voir, elle sentit l'odeur de la mer. Le vent était devenu plus fort et venait chatouiller ses narines avec des bouffées de sel. Enfin, après un carrefour, ils empruntèrent un large boulevard qui longeait la plage. Ils le suivirent un certain temps, puis Jake engagea sa moto sur le sable même et l'arrêta au bord de l'eau.

— Alors ? Vous avez aimé ? dit-il en se retournant pour la regarder tout en posant les pieds au sol.

Elle ne put que hocher la tête en relâchant à regret l'étreinte de ses bras autour de sa taille. Elle s'était agrippée si fort à lui que ses doigts en étaient tout engourdis.

Quand elle eut sauté à terre, il descendit de la moto à son tour et pendit son casque au guidon. Clarissa enleva aussi le sien en libérant ses longs cheveux épars et jeta un coup d'œil autour d'elle. A part une cabane de planches entourée de surf et quelques voitures, il n'y avait rien d'autre à l'horizon que le sable et l'océan.

— Si je comprends bien, nous allons faire un pique-nique..., hasarda-t-elle en souriant.

— Pas du tout. Ce petit restaurant sert les meilleurs plats de poisson de toute la côte.

Tout en parlant, Jake désignait la cabane peinte en vert qui se trouvait à une dizaine de mètres de là. Clarissa dut faire un grand effort pour lui cacher sa déconvenue. Mais elle ne voulait pas le vexer, car c'était sans doute le seul restaurant à la portée de sa bourse.

Soudain, une bouffée de compassion l'envahit. Le pauvre ! Pourquoi son grand-père ne lui avait-il pas permis d'être élevé plus décemment ? Il aurait dû le prendre dans son palais en Marique au lieu de l'abandonner et de l'obliger à se débrouiller seul aux Etats-Unis ! Il allait être fort surpris de découvrir dans quel dénuement vivait son petit-fils.

Elle s'aperçut en s'approchant que la cabane avait une autre face, une terrasse au bord de la plage où se trouvaient dressées quelques tables sous des parasols. Jake la conduisit directement jusqu'à l'angle le plus proche de l'océan. La vue était superbe sur l'horizon et les vagues énormes qui déferlaient un peu plus bas.

— Je vous conseille « L'Assiette du capitaine », dit-il en lui tendant le menu.

Clarissa parcourut rapidement la carte, qui proposait une grande variété de poissons et fruits de mer, huîtres et coquillages en tous genres. Les prix lui parurent incroyablement bas. Elle se sentit de nouveau apitoyée en songeant à l'effort que devait pourtant s'imposer Jake pour lui offrir ce modeste repas. Mais heureusement, cette injustice serait bientôt réparée s'il acceptait le trône de Marique.

— Eh bien, je prendrai « L'Assiette du capitaine », dit-elle en reposant le menu.

Il lui adressa un sourire taquin.

— Tiens, tiens, vous suivez mes conseils, maintenant?

— Puisque ce plat est un mélange, ce sera une occasion pour moi de goûter un peu de tout.

Les yeux noirs de Jake la scrutaient avec insistance. Devinait-il l'affolement de son cœur à la rougeur légère qui avait envahi ses joues brusquement ? Elle fixa son regard au loin, sur la ligne d'horizon. Mon Dieu, que lui arrivait-il ?

Elle attendit que le serveur surgisse comme par enchantement pour oser affronter de nouveau le regard de Jake. Quand il eut passé la commande, elle s'efforça de lui sourire bravement.

— Votre absence ne posera-t-elle pas trop de problèmes à votre travail ?

— Je pourrai me libérer après-demain comme je l'avais prévu.

— Est-ce que... vous avez donné votre démission ?

Les yeux de Jake se rétrécirent tout à coup étrangement.

— Pourquoi démissionnerais-je ? Que savez-vous de mon travail ?

— Eh bien... le prince a su par un détective que vous étiez employé dans une société de construction. D'après ce que j'ai pu voir sur le chantier, vous êtes charpentier, non ?

Il laissa errer sur ses lèvres un léger sourire.

— Oh, entre autres, oui. En réalité, je crois que je sais tout faire de mes mains, à part la plomberie. Savez-vous de quand date le rapport de ce détective ?

— Vous aviez environ vingt et un an à l'époque, je crois.

— Ah, je comprends…

— Que voulez-vous dire ?

— Oh, rien… Tenez, parlez-moi plutôt de Philippe.

Clarissa sursauta.

— Vous ne préférez pas entendre parler de votre grand-père ? Ou de la principauté ?

— Nous aurons le temps d'évoquer tout cela. Non, je voudrais en savoir plus sur votre fiancé.

— Mais… pourquoi ?

— Il était mon cousin, non ?

Clarissa le regarda d'un air intrigué. Pourquoi Jake cherchait-il à se renseigner sur une personne disparue qu'il n'avait même jamais rencontrée ?

— Eh bien, Philippe était un peu moins grand que vous, mais il avait les yeux et les cheveux aussi noirs que les vôtres. Il adorait le polo, le ski, les sports nautiques. C'est d'ailleurs ce qui l'a tué… Son père et lui participaient à une course de hors-bord, et leur bateau s'est retourné dans un virage.

Elle dut s'interrompre un instant car ce souvenir lui était toujours aussi cruel.

— C'est terrible. Mon père, lui, s'est tué durant une course automobile…

— Je sais. Apparemment, tous les Le Blanc sont fous de vitesse et de risque. Vous, c'est la moto…

— Je suis très prudent, comme vous avez pu en juger. J'aime la sensation de liberté que procure la moto, mais les exploits ne m'intéressent pas. Mais dites-moi… Que faisait mon cousin en dehors de ses activités sportives ?

— Il était un peu l'ambassadeur de notre culture. Il voyageait beaucoup, il était souvent à Paris, et aussi en Italie.

— Et vous l'accompagniez, je suppose ?

— Rarement, sauf à Paris. Et toujours chaperonnée par ma mère ou ma tante.

— Chaperonnée ? Mais… je vous croyais fiancés ?

— Justement. Dans notre pays, c'est encore la coutume.

L'arrivée du serveur vint interrompre leur conversation. Clarissa parut étonnée par l'abondance des fruits de mer et des coquillages, mais elle n'émit aucun commentaire.

— Donc, Philippe n'avait pas vraiment de profession, si j'ai bien compris ?

— Il se préparait à devenir prince règnant.

— Et vous étiez séparés le plus souvent. Ce devait être un peu triste, non ?

— Notre mode de vie aurait changé après notre mariage.

— Vous croyez ?

Elle parut hésiter. Bien sûr, elle avait toujours espéré que Philippe resterait auprès d'elle après leur mariage, mais elle n'en était pas sûre. Devinant son embarras, Jake s'empressa de changer de sujet.

— Parlez-moi un peu de la principauté de Marique.

— C'est un tout petit pays, situé entre la France et l'Espagne, au milieu des Pyrénées. Nous vivons surtout du tourisme et de l'exportation de nos produits artisanaux, comme le savon et la laine.

— L'économie est florissante, je suppose ?

— Euh… pas exactement. Votre grand-père a quatre-vingt-quatre ans et il n'a pas su prendre les mesures nécessaires pour moderniser le pays. Nous n'avons qu'une station de ski un peu vieillotte, de moins en moins fréquentée par une clientèle huppée. Philippe lui-même préférait se rendre en Suisse ou aux Etats-Unis pour les sports d'hiver.

— Vous n'y alliez donc pas avec lui ?

Comme elle se contentait de hocher la tête d'un air ennuyé, il choisit de ne pas insister.

— Et vous, que faites-vous dans la vie ? Quel est votre profession ?

— Je travaille pour la société Ambère, qui fabrique des savons de luxe à la lanoline. C'est un artisanat ancien dérivé de celui de la laine. Je m'occupe du marketing et de l'exportation.

— Auriez-vous poursuivi votre travail après votre mariage ?

— Euh, non, je ne pense pas... Mais vous aimeriez sans doute en savoir un peu plus sur votre grand-père, n'est-ce pas ?

Décidément, Clarissa n'avait pas envie d'évoquer le passé. Elle avait posé sa fourchette après avoir dégusté la moitié de son plat et paraissait rassasiée.

— Je crois que j'en ai déjà appris suffisamment sur lui. Il est plus soucieux de protocole et de bienséance que de sentiments ou même de loyauté envers sa famille. Il a tourné le dos à mon père parce qu'il avait osé choisir une autre voie que celle qu'il lui destinait. Il n'a pas non plus apporté le moindre secours à sa belle-fille et il a totalement ignoré son petit-fils. Que pourrais-je découvrir de plus ?

Clarissa ne fit aucun commentaire. Il ne lui appartenait pas de critiquer la famille princière. Elle pouvait comprendre la rancune de Jake à l'égard de son grand-père, mais ne la reportait-il pas un peu sur elle qui n'en était que la messagère ? Aussitôt, une telle pensée la surprit. Elle n'avait pas à s'en soucier, elle n'était pas là pour devenir son amie !

— Alors, pourquoi acceptez-vous de vous rendre en Marique ? lui demanda-t-elle d'un air intrigué.

Jake se renversa sur sa chaise et ses yeux se perdirent sur la ligne d'horizon. Une légère brise soulevait ses cheveux et son front était plissé comme sous l'effet d'une grande tension. Clarissa l'observa sans un mot.

A quoi pouvait-il bien songer ? Allait-il lui révéler qu'il n'avait en tête que des projets de vengeance à l'égard du prince ? Pourtant, il aurait dû danser de joie à l'appel de son grand-père. Mais sans doute se demandait-il quel genre d'homme il allait trouver en la personne de son aïeul et quel genre de pays il dirigeait. Après tout, ce n'était pas un hasard si son père avait fui sa terre natale, et si son oncle et son cousin y résidaient aussi peu.

En réalité, c'était bien ce genre de questions que se posait Jake en silence. Le prince de Marique devait être un personnage bien intransigeant pour que ses deux fils aient voulu échapper d'une manière ou d'une autre à son emprise. A moins que la vie en Marique ne soit tout simplement trop ennuyeuse...

Comme il semblait perdu dans ses pensées au point d'oublier de répondre, Clarissa toussota légèrement.

— Vous êtes prêt à y aller?

Il tourna la tête vers elle comme s'il sortait d'un rêve. Le soleil faisait flamboyer les cheveux de Clarissa en y jetant des reflets d'or, et il dut se retenir pour ne pas plonger les doigts dans cette magnifique toison. Puis ses yeux descendirent sur la bouche de la jeune femme juste au moment où elle humectait du bout de la langue ses lèvres écarlates. Il s'imagina un bref instant en train de l'embrasser. Resterait-elle aussi polie et réservée qu'elle l'était toujours ou bien s'enflammerait-elle comme sa superbe chevelure ?

Il n'avait jamais cherché de véritable compagne. Son travail passait avant tout et il se disait qu'il aurait bien le temps de trouver la femme de sa vie plus tard. Il lui avait fallu se battre pour occuper une place importante dans sa société de construction, et ensuite parvenir au plus haut poste. Il n'avait que peu de temps à consacrer à l'amour et il s'était contenté jusque-là de quelques aventures.

Il posa la main sur le bras de Clarissa en lui coulant un regard malicieux.

— Oui. Préférez-vous que nous allions chez vous ou chez moi ?

Elle s'écarta d'un air froissé. Ses yeux lançaient des flammes.

— Ne soyez pas stupide ! Je parle de votre départ pour la principauté !

— Ah, dommage..., dit-il en riant.

Elle haussa les épaules d'un air glacial.

— Quel temps de préavis vous faut-il pour présenter votre démission à votre contremaître ?

— Deux ou trois jours. Je ne peux pas le laisser tomber comme ça, dit-il en se retenant de sourire.

Apparemment, son grand-père le prenait pour un charpentier. C'était bien l'une de ses compétences, en effet, car il avait toujours adoré travailler le bois. Mais il avait un autre métier. Il hésitait encore à révéler à Clarissa qu'il détenait la majorité des parts de sa société de construction. Il était en réalité le plus important promoteur californien dans l'immobilier de luxe.

Depuis quelques années, il avait peu l'occasion de tenir un marteau, c'est pourquoi il appréciait particulièrement de pouvoir passer quelques heures sur un chantier auprès de ses ouvriers, comme le jour où Clarissa l'avait rencontré.

Il ne put s'empêcher de sourire en songeant qu'on allait l'accueillir en Marique comme un simple ouvrier. Il songea même à n'emporter que des jeans et à laisser ses costumes à la maison. Irait-il jusqu'à proposer ses services pour quelques travaux dans le palais ?

Non, le prince aurait une crise cardiaque en voyant l'héritier de la couronne planter un clou !

Mais quand il croisa le regard limpide et naïf de Clarissa, il changea brusquement d'avis. Le mensonge n'était pas dans sa nature et il n'avait pas envie de tromper sa confiance. Il lui sourit d'un air rassurant.

— En réalité, ce n'est pas seulement le contremaître du chantier que je dois avertir.

Il faut que je donne mes consignes à mon assistant pour un certain nombre de dossiers en cours. Et nous avons plusieurs projets à l'étude que je dois confier à mes ingénieurs.

Clarissa le considéra soudain avec des yeux ébahis, comme si elle ne comprenait pas un traître mot de ce qu'il disait.

— Oui, en réalité, je dirige l'entreprise, précisa-t-il en réprimant une envie de rire.

— Vous... ? Comment cela ? Ma fiche de renseignements n'indique rien de tel...

— Vos informations datent sans doute de plusieurs années. J'ai bien fait un stage de charpentier dans ma société il y a dix ans. C'était un petit job d'étudiant du temps où j'étais à l'université.

— Vous... vous êtes allé à l'université ?

Son froncement de sourcils révélait clairement qu'elle n'accordait pas la moindre foi à ses propos.

— Oui, je suis un ancien élève de la fameuse U.C.L.A.

Devant ses yeux de plus en plus exorbités, il éclata de rire.

— L'université de Californie Los Angeles. J'y ai fait un masters d'administration d'entreprise. C'est un diplôme élevé, vous savez.

Clarissa parut retrouver soudain le contrôle d'elle-même et son regard se radoucit. C'était son côté professionnel, sans doute.

— Mon grand-père sera probablement surpris d'apprendre cette nouvelle, non ? dit-il sur un ton ironique.

— Il sera surtout furieux contre la personne qui lui a fourni des informations erronées sur vos activités.

— Je serai prêt à partir mardi prochain, pour répondre à votre question. Est-ce que cela vous convient ?

— Oui, je m'occupe des billets d'avion.

— S'il vous plaît, faites-moi une faveur.

— Laquelle ?

— Ne dites rien à mon grand-père sur ma profession, je lui en parlerai moi-même en temps utile.

— Mais… je ne peux pas lui mentir.

— Il ne vous demandera rien à ce sujet puisqu'il croit tout savoir.

— Bien…

Il lui sourit d'un air satisfait.

— Avez-vous assez mangé ?

— Oh oui, bien sûr.

— Alors, allons faire un peu de moto le long de la plage avant la nuit.

— Vous voulez dire… sur le sable ? Mais c'est dangereux, non ?

— Il faut vivre dangereusement.

— Je crois qu'avec vous, cette phrase va devenir mon nouveau slogan… Vous commencez à m'influencer.

— Je plaisantais. En fait, je ne vis pas dangereusement.

— Oh si ! Comment appelez-vous le fait de vous faufiler entre les voitures dans la circulation, et de grimper comme un funambule au sommet d'une poutre sur un chantier ?

— Il n'y a jamais eu de filet sous les immeubles en construction ! dit-il en riant.

— C'est bien ce que je dis !

Elle dut détourner la tête pour éviter le regard noir de Jake, un peu trop insistant. Décidément, c'était le plus bel homme qu'elle eût jamais rencontré. Toutes les femmes de la principauté allaient être folles de lui !

Comme pour augmenter encore son trouble, il se pencha à son oreille et murmura d'un air câlin :

— Marcher sur une poutre n'est pas la chose la plus dangereuse que je connaisse. C'est sans doute bien moins dangereux, en tout cas, que de tomber amoureux d'une femme telle que vous…

3.

« Tomber amoureux d'une femme telle que vous… Tomber amoureux d'une femme telle que vous »…

Le surlendemain, alors qu'ils étaient sur le point d'embarquer dans l'avion pour Paris, Clarissa entendait résonner encore et encore les mots de Jake au fond de sa tête. Elle ne l'avait pas revu depuis le soir où ils avaient dîné ensemble au bord de l'océan, mais elle n'avait pas cessé de penser à lui.

En réalité, elle oscillait entre l'indignation qu'il ait pu oser lui dire une chose pareille et la tentation de lui prouver peut-être qu'il avait deviné juste… Elle ne voulait pourtant pas d'une autre relation amoureuse pour le moment, et surtout pas avec son futur prince. Le souvenir de Philippe était encore trop présent à son esprit et elle ne voulait plus souffrir.

D'ailleurs, elle n'accordait pas une grande confiance à Jake, elle se demandait même avec effroi comment il allait se comporter avec son grand-père. Il avait ce double don d'exaspérer et de séduire qui ne pouvait certainement pas laisser une femme indifférente. Mais certains aspects de sa personnalité lui paraissaient tout à fait insupportables. Elle ignorait comment il avait réussi à se faire accepter dans la bonne société de Los Angeles, mais il aurait du mal à s'intégrer à celle de la principauté s'il ne changeait pas ses manières.

Quand il l'avait rejointe à l'embarquement de première classe, Jake avait remarqué le regard effaré de Clarissa. Elle pensait de toute évidence que le patron d'une grande société comme la sienne aurait dû porter autre chose qu'un jean et un blouson. Mais elle n'avait pas exprimé de jugement. Elle était beaucoup trop bien élevée pour cela !

Bien sûr, elle avait remis son tailleur strict, et il regrettait un peu la tenue qu'elle portait deux jours plus tôt sur la plage. Il la revoyait encore dans son jean moulant, ses magnifiques cheveux roux en liberté. Par moments, la lueur de tristesse qui assombrissait toujours son regard s'était évanouie, et un vrai sourire était apparu sur ses jolies lèvres.

Il n'avait aucune envie de tomber amoureux dans l'immédiat, que ce soit de Clarissa ou d'une autre femme. D'ailleurs, ils avaient vécu tous les deux dans des milieux trop différents pour qu'il puisse envisager avec elle quelque complicité que ce soit. Mais il adorait la taquiner, et il n'avait pas l'intention de s'en priver !

Une fois installé auprès d'elle dans l'avion, il se décida à lui poser quelques questions sur la vie en Marique.

— Passez-vous beaucoup de temps à la cour ?

Elle fronça les sourcils.

— De quoi voulez-vous parler ?

— N'est-ce pas comme cela qu'on appelle l'entourage d'un prince ? Je veux dire, tout le tralala du palais…

Clarissa ne put réprimer un léger rire.

— Le… quoi ?

— Vous comprenez très bien ce que je veux dire ! rétorqua-il d'un air un peu agacé.

— Vous voulez savoir si j'ai un rang officiel auprès du prince ? J'en avais un du temps de Philippe, mais plus maintenant.

— Et cette situation vous plaisait, je présume.

— Il y avait de bons côtés. Mais vous paraissez inquiet des obligations qui vous attendent, non ?

— Moi ? Pas du tout. Je vais seulement rendre visite à mon grand-père, je vous le rappelle.

— Mais vous êtes l'héritier du trône et vous allez aussi rencontrer votre peuple.

— Eh bien, je compte sur vous pour me guider, car je pourrais bien commettre un gros impair, un jour ou l'autre.

— Je ne serai pas votre seul guide.

— Pourquoi ?

— C'est au prince de décider des gens et des lieux qu'il veut vous faire connaître. Cela prendra du temps.

— Je vous rappelle que j'ai prévu un séjour de deux semaines.

— C'est impossible, vous devrez rester beaucoup plus longtemps.

— Vous savez bien qu'il n'en est pas question. Si vous insistez, je fais halte à Paris pour visiter la ville, et je reprends un avion pour Los Angeles.

Clarissa laissa échapper un profond soupir.

— Vous m'aviez promis de faire un effort !

Jake réprima une brusque envie de rire. La candeur de cette jeune femme était touchante !

— En tant que prince de Marique, je vous ordonne d'être mon guide durant mon voyage.

— Vous ne pouvez pas me donner de tels ordres ! souffla-t-elle d'un air outré.

Cette fois, Jake eut beaucoup de mal à retenir son fou rire.

— Je croyais que vous deviez m'obéir en tout !

Elle lui lança un regard suspicieux.

— Vous êtes en train de vous moquer de moi, n'est-ce pas ?

— Moi ? Peut-être, en effet…

— Parlons sérieusement. Vous pouvez me demander un certain nombre de conseils ou de services s'ils entrent dans mes attributions. Mais c'est du prince que je reçois mes ordres.

Il revint malgré lui à un ton plus sérieux.

— Que se passerait-il si le prince Guilliam n'avait pas de successeur?

— Mais il en a un, puisque c'est vous ! Je vous en supplie, Jake, ne vous butez pas, prenez le temps d'y réfléchir. Vous verrez, la principauté de Marique est un petit pays très attachant. Vous apprendrez à le connaître.

Jake hocha la tête d'un air malicieux.

— J'aimerais mieux apprendre à vous connaître, vous.

— Moi ? Quelle idée ?

Clarissa le regardait d'un air stupéfait. Décidément, cet homme la rendait folle ! Mais curieusement, ce type de folie ne lui déplaisait pas... Elle eut même tout à coup envie de céder à son caprice et d'accepter d'être son seul guide. Ce serait plutôt agréable de lui faire visiter son futur pays, de le familiariser avec l'histoire et les traditions, de se promener avec lui parmi les magnifiques paysages de la principauté. Ils pourraient même parcourir la campagne à moto, peut-être... Mais le prince ne l'entendrait sans doute pas ainsi.

Elle songeait au plaisir qu'elle avait éprouvé, accrochée à lui, tandis qu'ils caracolaient sur les routes de Californie. Elle n'avait pas du tout eu peur car il était très sûr de lui dans sa conduite. Jake était un homme responsable, et il était aussi hautement qualifié pour diriger les autres, comme il le prouvait dans son univers professionnel. Ces deux qualités indéniables lui serviraient dans son futur métier de chef d'Etat.

— Vous ne pourriez que découvrir à quel point je suis différente de vous, répondit-elle en soupirant.

— Nous sommes certes différents, mais pas adversaires. Plutôt complices, au contraire.

— Complices ?

— Oui, je suis sûr que ma visite de la principauté sera un souvenir inoubliable si vous y mettez de la bonne volonté.

— Mon but est de vous convaincre d'y rester.

— N'y pensez plus, Clarissa, si vous voulez éviter une grosse déception. Parlez-moi plutôt de vous !

— Mais…

— Attention ! Si vous ne m'obéissez pas, je vais prendre des mesures draconiennes.

— Ah oui ? Lesquelles par exemple ?

— Je vous exilerai en Californie.

— Vous ne pourrez pas.

— Alors, je vous obligerai à m'embrasser jusqu'à ce que mort s'ensuive pour nous deux.

Elle dut baisser les yeux pour lui dissimuler le trouble que faisaient brusquement naître en elle ses paroles. Les mots qu'il avait prononcés deux jours plus tôt revinrent chanter à ses oreilles. « C'est sans doute bien moins dangereux, en tout cas, que de tomber amoureux d'une femme telle que vous. » Elle se ressaisit et le foudroya du regard.

— Votre conduite n'est pas digne d'un souverain !

Il se contenta de rire d'un air désinvolte. Elle aurait voulu le punir de son arrogance et fut prise d'une soudain envie de le gifler. Les mots s'étranglaient dans sa gorge. Mais Jake ne parut pas s'en rendre compte, et se contenta de renverser la tête en arrière et de fermer les yeux. Peut-être avait-il l'intention de dormir durant les dix heures de voyage puisqu'elle refusait de répondre à ses questions ?

Pour tromper sa frustration, elle se mit à l'observer du coin de l'œil. Ses cheveux bien coupés encadraient sagement son beau visage bruni par le soleil et la chemise légère qu'il portait laissait deviner sa superbe musculature. Il se dégageait de lui une impression de force et de sérénité qui contrastait avec ses propos souvent légers ou même à la limite de l'insolence.

Etait-il homme à se laisser séduire par les fastes d'une cour princière ou par l'attrait de la richesse ? Peut-être changerait-il d'avis après avoir pris goût à la vie facile du palais ? Ou alors, peut-être l'ivresse du pouvoir serait-elle un autre argument pour le convaincre, lui qui semblait aimer l'exercice de l'autorité dans son travail?

Mais elle savait bien qu'elle ne pouvait prédire sa réaction. Son Altesse le prince Jean-Antoine était un homme indépendant qui s'était forgé son destin lui-même jusque-là. Et comment allait-il s'entendre avec le prince Guilliam ? C'était encore un autre problème, qui inquiétait toujours Clarissa. Elle aurait tant aimé réussir à lui faire accepter la couronne !

Feignait-il de dormir ? Elle eut brusquement un doute car il lui sembla qu'il la guettait entre ses cils. Elle se rappela soudain les propos qu'il avait tenus quelques minutes plus tôt, quand il l'avait menacée de l'embrasser. Il n'oserait tout de même pas se conduire ainsi dans l'avion, devant les autres passagers !

Et elle espérait bien qu'il ne se le permettrait pas ailleurs non plus ! Pourtant… elle ne pouvait s'empêcher d'imaginer la scène. Sa curiosité l'emportait hélas sur le bon sens qui aurait dû lui dicter d'oublier définitivement ce genre de fantaisie. Et elle se posait des questions stupides, comme de savoir s'il était plutôt ardent ou tendre dans son intimité avec les femmes…

Il n'était certainement pas du genre timide en tout cas, mais plutôt entreprenant, c'était certain. Quoi qu'il en soit, elle n'aurait pas à expérimenter la chose, et elle se força à tourner la tête pour laisser errer son regard à travers le hublot. Le seul fait d'évoquer mentalement ce sujet l'avait rendue nerveuse. C'était ridicule. Il devait avoir toutes les femmes à ses pieds, mais ce n'était pas son problème, à elle !

Soudain, une idée lui traversa l'esprit. Peut-être était-il fiancé ? Elle n'avait pas songé à lui poser la question. Les informations dont elle disposait ne faisaient pas état d'un quelconque engagement, mais elles dataient un peu !

— Tout va bien ?

La voix de Jake la fit sursauter. Apparemment, il ne dormait pas du tout !

— Vous avez l'air soucieuse, ajouta-t-il en scrutant son visage.

— Moi ? Pas du tout.

— Vous n'avez pas intérêt à jouer au poker, votre regard vous trahit toujours malgré vous. Quelles questions vous posez-vous encore à mon sujet ?

— Je me demandais si vous étiez fiancé, avoua-t-elle à brûle-pourpoint.

— Non, je ne l'ai jamais été.

— Pourquoi ? Beaucoup de gens sont mariés à votre âge.

— Sans doute, et même de bien plus jeunes. Vous-même étiez sur le point d'épouser Philippe avant son décès, n'est-ce pas?

Elle faillit répondre que oui, mais se rappela qu'aucune date n'avait jamais été fixée pour leurs noces… Philippe ne tenait pas à précipiter les choses. Seraient-ils mariés s'il n'avait pas disparu ?

— Quel âge avez-vous, Clarissa ? demanda-t-il sans attendre sa réponse.

— Vingt-sept ans.

— Et moi trente-deux, mais vous le saviez déjà. J'ai passé tout mon temps jusqu'ici à bâtir ma carrière professionnelle. D'autre part, je ne suis pas sûr d'avoir envie de fonder un foyer après avoir vécu une enfance plutôt triste, seul avec ma mère…

— Vous auriez peur du mariage à cause de vos mauvais souvenirs ?

— La vie était très dure, vous savez. Maman était une pauvre fille du Nebraska qui avait débarqué dans la jungle de Las Vegas. Mon père ne lui avait rien laissé, hélas, et elle a dû se débrouiller comme elle a pu pour m'élever. Non, je n'ai pas une image très rassurante de la famille.

— Mais votre situation est bien différente et aujourd'hui, vous ne laisseriez pas vos enfants démunis. D'ailleurs, pourquoi auriez-vous la malchance de mourir aussi jeune que votre père ?

Elle l'imaginait plutôt en souverain patriarche entouré d'une ribambelle d'enfants et de petits-enfants ! Et bien avant cela, elle le voyait surtout en beau fiancé amoureux...

Au lieu de lui répondre, il se mit à la dévisager avec insistance.

— Et vous ? N'avez-vous pas l'intention de vous fiancer une seconde fois ?

Elle hésita un instant. Avait-elle encore envie de tomber amoureuse ? Pouvait-elle prendre de nouveau le risque de souffrir ?

— Ma vie me convient telle qu'elle est actuellement. J'ai mes amis, ma famille, des activités que j'aime...

— Vous ne répondez pas à ma question.

— Eh bien... non, je n'ai pas envie de tenter une nouvelle fois ma chance.

— Alors, nous avons au moins cela en commun.

— Mais pour vous, c'est différent. Vous aurez l'obligation de vous marier.

— L'obligation ?

— Oui, pour assurer votre descendance.

Jake retrouva brusquement son air agacé. Leur bref moment de complicité venait de prendre fin...

— Ne vous mettez surtout pas en tête que je vais me laisser convaincre d'accepter la couronne ! Et ce n'est pas avec ce genre d'argument que vous y parviendrez !

— Je suis sûre que vous changerez d'avis après votre séjour en Marique.

— Vraiment ? Et pourquoi ?

— Parce que vous allez y retrouver ce dont vous avez été privé depuis longtemps.

— De quoi voulez-vous parler ?

— D'une famille.

— Je n'en ai plus besoin, c'est dans mon enfance que m'aurait aidé la tendresse d'un grand-père.

— Et la richesse, aussi…

— Je suis à l'aise, rassurez-vous. C'est peu de dire que je gagne très bien ma vie, croyez-moi.

Jake sentait une vague colère monter en lui. Pourquoi les gens s'imaginaient-ils que l'argent pouvait faire le bonheur ? Lui, c'était la présence et l'amour d'une famille qui lui avaient manqué après la disparition de sa mère. Maintenant, il avait plutôt envie de se venger du mépris du prince Guilliam envers celle-ci. Elle aurait tellement aimé découvrir le pays de son mari si on l'y avait invitée !

Il renonça à confier ses états d'âme à Clarissa, qui après tout n'était pas responsable de l'indifférence de son grand-père. Bientôt, il ferma de nouveau les yeux pour se plonger dans ses pensées. Le voyage lui semblait interminable, malgré la projection de deux films et le repas servi à bord. Il ne parvenait pas à trouver le repos.

Le changement d'avion à Paris se déroula sans incident. Ils prirent leur envol pour le sud de la France dans le petit jet princier dont le confort contrastait agréablement avec celui d'un avion de ligne. Maintenant, Clarissa assurait non seulement la fonction de guide mais aussi celle d'interprète. Jake se demanda s'il pouvait lui faire entièrement confiance quant à la traduction des propos qu'il comptait tenir au prince Guilliam. Ne serait-elle pas tentée de les édulcorer, parfois ?

Alors que l'avion amorçait sa descente sur le petit Etat de Marique, il se pencha pour essayer de voir le paysage, et surprit le regard anxieux de Clarissa qui l'observait. Elle jeta aussi un coup d'œil par-dessus son épaule pour admirer une fois de plus les montagnes familières, qu'elle adorait.

— C'est beau, n'est-ce pas ? souffla-t-elle avec une émotion non dissimulée.

Il se retourna pour la regarder et leurs visages se trouvèrent si près l'un de l'autre que leurs haleines se mêlèrent durant un court instant. Clarissa s'écarta aussitôt, gênée de se sentir troublée comme une adolescente dès qu'il s'approchait. Elle se jura de faire preuve de davantage de sang-froid désormais.

— A quelle distance de l'aéroport se trouve la capitale ? demanda-t-il pour faire diversion.

— Environ vingt minutes. La famille princière réside généralement au palais, mais vous possédez aussi un très beau château au bord d'un lac, dans l'Ouest, et plusieurs autres propriétés dans le pays.

— Quelle famille ? Je croyais que mon grand-père vivait seul…

— Votre grand-mère est décédée peu après le départ de votre père, comme vous le savez. Mais le prince Michael avait aussi son appartement au palais. Votre tante Gustine y vit encore avec sa fille cadette, Marie. Philippe y habitait également.

Jake eut un rire amer.

— Eh bien, voilà une belle grande famille ! Des gens heureux ! Est-ce que tout ce monde prend ses repas en commun ?

— Non, ils ne se réunissent que rarement, pour les fêtes officielles.

— Si je comprends bien, je ne suis pas le seul descendant qui puisse prétendre à la succession ?

— C'est vous que le protocole désigne comme le futur prince. Et votre grand-père tient à le respecter.

— Alors, quelles sont vos premières impressions ? s'enquit prudemment Clarissa alors que la limousine royale s'approchait du palais.

Les pierres légèrement rosées qui constituaient la façade luisaient doucement au soleil. Les tourelles et les créneaux évoquaient un château de conte de fées. C'était vraiment un monument tout à fait extraordinaire, avec des sculptures étranges de-ci de-là qui venaient en rehausser encore le charme.

La voiture s'engagea entre les hautes grilles ouvertes à leur intention et se mit à rouler très lentement sur une longue allée entourée de pelouses et de massifs soigneusement entretenus. Enfin, elle s'arrêta devant un haut perron où trônait une porte de bois monumentale sculptée de dragons et d'oiseaux mythiques semblables à ceux des grilles du parc.

Quand elle s'ouvrit apparut un dais de velours que l'on avait fait installer pour accueillir le visiteur, et Clarissa se demanda si le prince Guilliam voulait ainsi honorer son petit-fils ou l'intimider. Mais elle ne put réprimer un léger sourire à cette pensée, car peu de choses paraissaient capables d'intimider Jake.

Son visage ne laissait deviner aucune de ses impressions, mais il semblait très attentif. Quand un valet en livrée s'avança à leur rencontre, Clarissa se glissa hors de la limousine et attendit qu'il ouvre la portière au futur prince.

Jake fit un pas vers l'escalier monumental et leva la tête vers l'étonnante façade.

— Belle demeure, un peu prétentieuse, mais bien restaurée en tout cas !

— Elle date de la période romantique, j'aime beaucoup ce style, affirma Clarissa.

Un homme très distingué en tenue d'officier apparut à son tour et vint accueillir Jake en s'adressant à lui en français. Clarissa s'empressa de traduire.

— On a annoncé notre arrivée au prince et il tient à vous recevoir dans la salle du Conseil. Elle est magnifique, vous verrez. Le général va vous y conduire.

Jake ne parut pas ému pour autant et se contenta de suivre l'officier sans un mot, en notant toutefois qu'il paraissait comprendre parfaitement l'anglais. Pourquoi ne faisait-il pas l'effort de lui parler dans sa langue, c'était un mystère…

Clarissa leur emboîta le pas.

— La pièce où nous nous rendons s'appelle la salle Rouge. C'est là que le prince reçoit les dignitaires étrangers.

Après avoir emprunté une large galerie de marbre encadrée de hautes boiseries, ils arrivèrent bientôt devant une autre porte sculptée où se tenaient encore deux valets qui l'ouvrirent avec cérémonie pour leur laisser le passage.

La première chose que vit Jake fut un large tapis rouge qui recouvrait toute la longueur de la salle, environ trente mètres, et menait à deux trônes imposants. Le prince qui se trouvait assis sur l'un d'eux le regardait venir. A part un homme debout à son côté, il était seul, et Jake eut l'impression que le bruit de ses pas résonnait très fortement. Il se pencha pour murmurer discrètement à l'oreille de Clarissa.

— Quel potin ! J'aurais dû mettre des baskets !

— Chut…, fit-elle entre ses dents, épouvantée de sa désinvolture.

Elle fut soulagée de constater que les vêtements de Jake étaient restés impeccables malgré le voyage, alors que son tailleur était tout froissé. Mais ce n'était pas elle que le prince accueillait, fort heureusement.

A quelques pas du trône, elle s'arrêta pour laisser Jake poursuivre seul sa marche jusqu'au souverain. Il se retourna alors d'un air surpris.

— Vous ne venez pas?

Comme elle secouait la tête, il vint la prendre par le bras.

— Si, vous venez ! J'ai besoin de vous comme interprète !

— Le prince parle anglais.

— Le général aussi, n'est-ce pas ? Mais il s'est adressé à moi en français ! Venez, vous dis-je.

Elle n'osa pas protester, mais se sentit très mal à l'aise. Le contact de la main de Jake sur son bras suffisait déjà à la rendre nerveuse. Elle se dégagea prudemment et se remit à marcher à côté de lui avec le plus de dignité possible.

Quand ils atteignirent le trône, le prince se leva. Il était encore très grand malgré son âge et ses cheveux grisonnaient à peine. Il portait son complet de luxe avec une sorte de nonchalance altière. Ses yeux étaient un peu moins sombres que ceux de Jake et son regard était grave, sans la moindre étincelle de bienveillance.

— Bienvenue en Marique, dit-il solennellement.

Jake s'inclina.

— Il est temps pour vous de reprendre votre rang, ajouta-t-il d'une voix non moins imposante.

— Je suis ici pour une simple visite, précisa Jake.

Le prince se tourna vers Clarissa d'un air stupéfait.

— Ne lui avez-vous pas décrit la situation ?

— Si, bien sûr, Votre Altesse, je n'y ai pas manqué ! protesta-t-elle, affolée.

Le regard glacial de Guilliam se posa de nouveau sur son petit-fils.

— Je pensais qu'un charpentier devait exulter à l'idée de devenir prince.

Jake effleura le bras de Clarissa pour lui rappeler sa promesse de ne rien révéler au prince de sa condition. Puis il affronta le regard du vieil homme avec une légère ironie au fond des yeux.

— Je ne connais rien de plus extraordinaire que de tenir un marteau. Si vous avez quelques travaux à faire dans le palais, n'hésitez pas à me les confier !

Le prince Guilliam se laissa choir sur son trône et fit un vague geste de la main à l'adresse de Clarissa.

— Allez lui montrer ses appartements, il rencontrera le reste de la famille au dîner...

Il avait soudain l'air beaucoup plus vieux et carrément abattu. Après une discrète révérence, Clarissa fit demi-tour en entraînant Jake et retraversa avec lui la longue salle en tâchant de contenir sa fureur. Dès qu'ils furent sortis, elle se tourna vers lui d'un air scandalisé.

— A quoi jouez-vous ? Que comptez-vous gagner à ces plaisanteries stupides ? Je ne comprends pas pourquoi vous vous faites passer pour un simple ouvrier si vous êtes réellement un magnat de l'immobilier ! Et vous auriez pu vous montrer plus poli avec le prince ! Il ne mérite pas qu'on se moque de lui de cette manière !

Jake la considéra avec stupeur, car elle criait presque.

— Et moi ? Est-ce que je mérite cet accueil d'une froideur incroyable ? Mon propre grand-père me reçoit dans la salle la plus solennelle du palais au lieu de m'accueillir dans ses appartements ! J'aurais tout de même aimé qu'il me manifeste un peu plus de sympathie !

— A quoi vous attendiez-vous donc ?

— Je ne sais pas, une phrase du genre : « Salut, mon garçon ! Je suis heureux de te connaître enfin ! » Mais puisqu'il a été incapable de prononcer de telles paroles, j'ai décidé de lui apprendre à me connaître sans lui fournir ma carte de visite ! Je veux voir s'il est possible d'établir une vraie relation avec lui.

— Et si ce plan échoue ?

— Eh bien, ce sera tant pis pour lui. Je lui apprendrai alors qui je suis et il regrettera toute sa vie de n'avoir pas su me donner envie de lui succéder.

Il plongea ses yeux noirs dans ceux de Clarissa.

— Mais je veux savoir si je peux vous faire confiance pour me soutenir dans cette tentative. Serez-vous avec lui ou avec moi ?

4.

Avant que Clarissa ne lui réponde, Jake entendit derrière lui un discret toussotement. En se retournant, il vit un serviteur en livrée d'un âge indéfinissable qui fixait l'horizon, comme s'il cherchait à se rendre invisible. Clarissa lui posa une question en français puis traduisit la réponse à Jake.

— Il a pour ordre de vous conduire à vos appartements.

— A-t-il entendu notre conversation ?

— Rassurez-vous, il ne parle pas un mot d'anglais.

— Et ensuite, quel est le programme ?

— Le dîner n'est servi qu'à 20 heures, vous aurez le temps de dormir un peu si vous le désirez. En ce qui me concerne, c'est sans doute ce que je vais faire, car le voyage m'a épuisée.

— Nous nous reverrons au dîner.

— Je ne suis pas invitée.

— Comment cela ? Moi, je tiens à ce que vous soyez là. Dites-le au prince.

— Je vais essayer. A tout à l'heure…

Elle fit demi-tour et Jake de son côté suivit son guide tout au long des couloirs dallés dont les murs étaient recouverts de grands portraits d'ancêtres. Il lui sembla reconnaître chez certains d'entre eux une vague ressemblance avec ses propres traits, qui étaient aussi ceux de son père. Et il prit soudain conscience d'être le descendant d'une longue lignée.

Le valet s'arrêta devant une haute porte qu'il ouvrit d'un geste solennel et s'effaça pour laisser passer Jake. La première pièce était une sorte de vaste salon dont les fenêtres habillées de velours grenat laissaient entrer des flots de soleil. Elle était encombrée de meubles anciens d'un style assez lourd.

La porte s'était refermée et le valet avait disparu. Mais tandis que Jake s'était accoudé à l'une des fenêtres pour admirer les massifs multicolores, un discret tapotement le fit bientôt se retourner. Après qu'il l'eut prié d'entrer, un autre serviteur en tenue d'apparat vint s'incliner devant lui et s'adressa à lui en anglais.

— Je suis Jérôme, votre valet, Monseigneur. Puis-je vous conduire à votre chambre et défaire votre valise ? Je vous ai apporté un costume pour le dîner.

Jake haussa les épaules.

— Je n'ai pas besoin de valet ! Je sais défaire ma valise tout seul, merci, et j'ai apporté mes propres costumes !

Jérôme s'inclina respectueusement.

— Pardonnez-moi, Monseigneur, mais j'exécute les ordres du prince.

— Vous n'avez pas à m'appeler Monseigneur, je ne suis ici qu'en visite.

Les yeux de Jérôme s'écarquillèrent démesurément. Sa mimique était si drôle que Jake faillit éclater de rire.

— Qu'importe, montrez-moi mon lit, je suis épuisé, reprit-il plus aimablement.

— Oui, Monseigneur. Ces appartements vous ont été attribués provisoirement, mais ensuite, vous pourrez choisir parmi les autres celui qui vous conviendra le mieux.

Jake renonça à lui répéter qu'il n'était venu que pour une courte période, deux ou trois semaines au maximum, et le suivit jusqu'à la chambre. C'était une immense pièce aussi luxueusement meublée que le salon. Un large lit à baldaquin se trouvait contre le mur du fond et un magnifique tapis d'Aubusson en recouvrait presque entièrement le sol.

Jake jeta sa veste sur le bras d'un fauteuil Louis XV, sous le regard ennuyé de Jérôme qui se précipita pour la ranger dans une énorme armoire.

— N'est-ce pas un labyrinthe, là-bas, au bout de la pelouse ? demanda Jake pour faire diversion, décidé à supporter avec patience l'empressement de son valet .

— En effet, Monseigneur, un bel exemple du génie de nos jardiniers.

— Qu'y a-t-il au centre ?

— Il paraît qu'on y trouve une charmante fontaine. Mais je ne l'ai jamais vue puisque les domestiques n'ont pas le droit d'aller seuls dans le jardin.

Jake se surprit à rêver d'aller explorer le labyrinthe et de s'y cacher s'il parvenait à mémoriser son parcours. Mais d'autres questions l'intriguaient.

— Les autres appartements dont vous me parliez sont-ils décorés avec autant de faste que celui-ci ?

— Ils sont vides, de manière que les occupants puissent choisir leur mobilier.

— Ah bon, très bien. Merci, Jérôme, pour l'instant, je crois que je vais dormir un peu.

— Je viendrai vous aider à vous habiller pour le dîner, Monseigneur, précisa Jérôme en s'inclinant.

— C'est inutile, je saurai le faire tout seul, merci.

Comme Jake lui faisait comprendre d'un geste qu'il n'avait plus qu'à le laisser en paix, Jérôme s'exécuta et il se retrouva enfin seul. Deux minutes plus tard, il se plongeait avec délice dans le grand lit, en se demandant où pouvait bien se trouver l'appartement de Clarissa et si elle s'était glissée nue entre les draps comme il venait de le faire… Pendant ce temps, Clarissa était reçue chez Gustine, la mère de Philippe.

— Avez-vous fait bon voyage ? lui demanda la douairière, apparemment ravie de la revoir.

— Fatigant, surtout avec le décalage horaire. Je crois que je vais aller faire un petit somme.

— Vous prendrez bien une tasse de thé avant ! J'aimerais que vous me disiez comment vous avez trouvé Jean-Antoine.

Clarissa aurait préféré décliner son invitation, mais elle ne pouvait risquer de la blesser, d'autant plus qu'elle l'interrogeait sur un homme qui allait prendre la place de son mari et de son fils sur le trône… Cette pensée était certainement douloureuse pour elle.

— Eh bien, il est… très différent de Philippe.

— Je m'en doute ! Sa mère était une fille de fermier, d'après ce qu'on m'a dit, et il a été élevé dans un milieu très modeste.

— Ce n'est pas sa faute.

— Non, bien sûr ! C'est celle de son père, le prince Joseph, qui a quitté stupidement la principauté pour courir le monde !

Clarissa n'osa pas ajouter que c'était plutôt la faute du prince Guilliam, qui avait abandonné son petit-fils au lieu de se charger de son éducation.

— Mais ses manières sont excellentes, il ne fera pas honte à la famille, s'empressa-t-elle de préciser.

— Son existence est déjà une honte pour nous, puisqu'elle rappelle à tous la faute de son père. Et on ne manquera pas de nous reprocher les origines de notre prince.

— Il ne veut pas régner, il est venu seulement pour connaître sa famille.

— Comment ? Bien sûr que si, il doit régner ! Il est l'héritier de la couronne !

Clarissa hocha la tête.

— Il est déterminé à repartir après sa visite.

— C'est grotesque ! Je ne le crois pas un instant. Quand il aura pris goût à la richesse et au pouvoir, il restera, c'est bien certain !

Clarissa buvait son thé en silence. Elle en connaissait assez sur Jake maintenant pour savoir que de tels arguments ne le toucheraient pas. Le seul motif qui l'aurait incité à rester aurait été de trouver une famille qui l'accueille chaleureusement, mais ce n'était hélas pas le cas… Elle reposa sa tasse sur la table avec un léger soupir.

— Le prince Jean m'a demandé d'être présente au dîner ce soir, mais je ne sais pas si je peux accéder à son désir.

— Bien sûr que si. Vous êtes presque de la famille. Si Philippe avait vécu, vous seriez mariés, à présent.

Elle jeta un coup d'œil attristé sur ses vêtements sombres.

— Vous savez, Clarissa, vous êtes trop jeune pour porter le deuil aussi longtemps… Il faut que vous commenciez à revivre, à porter des couleurs claires, à vous amuser. Vous trouverez un autre fiancé.

Clarissa lui sourit avec gratitude, mais ne fit pas allusion à son polo jaune, ni à sa balade à moto sur une plage californienne.

— Merci, Gustine… Excusez-moi, mais je vais aller me reposer un peu.

Etait-ce le fait de songer au passé ou à Jake ? Elle se sentait exténuée, tout à coup…

Quelques heures plus tard, toute la famille était réunie dans la salle à manger d'apparat. Durant tout le dîner, Clarissa ne cessa de se demander comment Jake pourrait tenir et rester deux semaines en Marique. Mais elle ne put s'empêcher d'admirer sa force de caractère. Comment faisait-il pour demeurer de marbre quand Gustine le questionnait sournoisement sur son mode de vie, ses relations et ses goûts ?

En apparence, il n'y prêtait aucune attention et répondait le plus évasivement possible, mais Clarissa devinait à une légère crispation de ses mâchoires qu'une colère bien légitime montait en lui.

Sa cousine Marie n'ouvrait pas la bouche. Le prince ne parlait pas beaucoup et semblait même soulagé de voir sa belle-fille entretenir la conversation à sa place. Clarissa quant à elle se faisait toute petite car le souverain ne lui avait pas caché quelle désagréable surprise sa présence était pour lui. Fort heureusement, on venait de servir le dessert et elle pourrait bientôt échapper à ce supplice.

En croisant le regard de Jake, elle eut l'impression d'y lire les mêmes pensées, mais il y avait aussi dans ses yeux une lueur d'amusement. Soudain, il se mit à plier sa serviette et après l'avoir posée sur la table se leva sans crier gare.

— Pouvons-nous nous éclipser, maintenant ? demanda-t-il à brûle-pourpoint en s'adressant à elle.

Clarissa sursauta. Gustine le considéra d'un air scandalisé. Selon le protocole, personne ne devait se lever de table avant le prince !

— Où allez-vous ? lança-t-elle d'une petite voix aigre.

— Clarissa m'a promis de me faire visiter les jardins.

Il prenait un air dégagé, mais Clarissa surprit un léger tremblement de ses doigts posés sur le dossier de sa chaise. Gustine le toisa avec un rictus outragé.

— C'est impossible ! Le prince ne vous a pas donné la permission de vous lever. Et d'ailleurs, il fait nuit !

— Dans mon pays, tout le monde peut se lever sans permission quand le repas est terminé, dit-il calmement.

— Si vous aviez la moindre éducation, vous sauriez qu'on doit s'adapter aux usages du pays où l'on se trouve ! reprit-elle en le fusillant du regard.

— Ah oui, bien sûr ! Mais ce n'est pas ma faute si je n'ai pas reçu d'éducation, vous savez. J'aurais bien aimé avoir une famille pour s'en charger.

Gustine baissa la tête vers son assiette sans ajouter un mot. Le prince se leva et tandis qu'un valet repoussait sa chaise, se tourna vers Jake d'un air hautain.

— Nous ne pouvons pas changer le passé. Mais nous pouvons agir sur l'avenir. Je vous attendrai à 9 heures demain matin dans la salle du Conseil. Il est grand temps de commencer votre apprentissage de nos us et coutumes !

Jake ne répondit rien mais se contenta de suivre des yeux le souverain jusqu'à ce qu'il eût quitté la salle. C'est alors que Gustine laissa libre cours à sa colère.

— C'est Michael qui aurait dû être l'héritier de la couronne et à sa suite mon fils Philippe ! Personne ici ne veut d'un manant pour prince de Marique !

Marie parut se réveiller, comme si elle se rendait compte que sa mère allait vraiment trop loin.

— Mais ce n'est pas la faute de Jean-Antoine si papa et Philippe sont morts…

Clarissa se leva brusquement et s'approcha de Jake.

— Allons-y…

Il adressa à Gustine un sourire méprisant.

— Rassurez-vous, madame, je ne deviendrai pas votre prince. Je ne suis venu qu'en simple visiteur, et je commence à me demander pourquoi j'ai fait cette folie.

— Venez, Jake ! souffla Clarissa en lui prenant le bras.

En quelques minutes, ils eurent parcouru le dédale des couloirs du palais et se retrouvèrent à l'extérieur, sur une allée faiblement éclairée de loin en loin par des réverbères. Quelques projecteurs étaient braqués sur des pans de mur sculptés, où des dragons de pierre surgissaient çà et là. Jake se fit un plaisir d'aller fouler la magnifique pelouse tondue de frais.

— Eh bien, voilà un bel exemple de bonheur familial ! Je crois que je vais reprendre l'avion le plus tôt possible !

— Il y a d'autres aspects à découvrir ici..., murmura Clarissa d'un ton navré.

Il la regarda soudain d'un air attendri.

— Mais dites-moi... vous portez la même robe qu'à Los Angeles, non ?

Elle ne put s'empêcher de sourire à sa remarque, elle n'aurait jamais cru qu'il pût prêter attention à ce genre de détail.

— Ma tante est une femme redoutable, dit-il avec un rire grinçant.

— Elle est très à cheval sur les principes.

— Elle me fait penser à un serpent venimeux.

— Vous prenez la place qui aurait dû revenir à son mari et à son fils, il faut la comprendre...

— Je n'ai aucune intention de prendre leur place, vous le savez bien. En quelle langue dois-je vous le répéter ?

— Mais elle est certaine que vous êtes venu pour ça.

— Oublions cette pauvre femme aigrie. Ces arbres sont magnifiques au clair de lune, ne trouvez-vous pas ?

— Je vais vous emmener voir les massifs de fleurs rares, c'est une splendeur, dit-elle avec enthousiasme.

Jake s'était beaucoup rapproché d'elle dans la semi-obscurité. Elle se mit à frissonner malgré la douceur de la soirée. Une vague de tristesse l'envahit soudain à la pensée qu'ils passaient sans doute leur dernière soirée ensemble. En effet, sa mission était terminée et dès le lendemain, elle devrait lui dire adieu pour retourner dans sa famille. Elle écarta cette pensée et reprit un air détaché.

— Un peu plus loin sur la gauche, il y a un ensemble de haies taillées vieilles de presque deux cents ans. Les artistes qui les ont travaillées ont toujours repris les mêmes figures.

— Faites-moi visiter le labyrinthe.

— Comment le connaissez-vous ?

— Je l'ai vu de loin. Est-ce que vous êtes déjà allée au centre ?

— Une seule fois. C'est Philippe qui m'y avait emmenée.

— Il savait donc quel parcours emprunter ?

— Oui, le chef jardinier le lui avait appris quand il était enfant. Les employés du palais s'occupaient beaucoup de lui. Tout le monde l'adorait, et il était le chouchou du prince Guilliam.

— Mon grand-père a dû être très affecté par sa mort, je suppose.

— Oui, et il m'a semblé tout à l'heure que son regard s'était assombri quand vous lui avez indirectement reproché de vous avoir abandonné lorsque vous étiez petit. Il éprouve sans doute du regret de ne pas avoir fait en sorte d'avoir un second petit-fils auprès de lui.

— Peut-être... Mais c'est surtout la question de la succession au trône qui le préoccupe. Je doute qu'il éprouve le moindre sentiment à mon égard. Il ne m'a pas posé une seule question sur ma vie durant le dîner. Il a laissé Gustine se charger de l'enquête !

— J'aurais dû moi-même parler de vous pour vous mettre en valeur, je regrette.

— Pas moi.

— Laissez-leur le temps de s'habituer à vous.

— Ils n'ont pas l'air de faire beaucoup d'efforts.

Clarissa comprenait l'amertume de Jake et compatissait à sa déception. Le cœur un peu serré, elle l'entraîna vers l'entrée du labyrinthe. Il s'agissait d'un bosquet assez haut dont l'intérieur était très sombre car aucune lumière n'y filtrait. Les réverbères de l'allée n'éclairaient que les deux ou trois premiers mètres.

— Je n'ai pas envie d'entrer ici de nuit. Revenez plutôt demain, vous demanderez au jardinier de vous guider.

— Ce n'est pas drôle ! Moi, j'aime l'aventure !

— Avez-vous vraiment envie de vous retrouver prisonnier de ce dédale de buissons jusqu'au matin ?

— Combien de temps faut-il pour parvenir au centre ?

— Environ dix minutes, quand on le connaît bien, ce qui n'est pas mon cas.

— Nous pourrions marquer notre chemin.

— Vous voulez rire ! On emprunte un grand nombre d'allées qui se recoupent et finalement on se perd de toute façon !

— Essayons quand même.

— Allez-y tout seul, moi, je rentre.

— Vous êtes une poule mouillée !

— Je ne vous permets pas !

— J'adore vos grands airs, Clarissa. Eh bien, si vous ne voulez pas me suivre, j'irai seul, en effet ! Mais attendez-moi ici, je vous parie que je trouve le centre du labyrinthe en dix minutes.

— C'est une chose qui n'est jamais arrivée à personne.

— Je vous parie un baiser que j'y arrive.

Il s'était approché d'elle et Clarissa frémit en humant la chaleur de son corps et les effluves de son eau de toilette parmi les autres senteurs de la nuit. Un baiser ? Il avait donc envie de l'embrasser ? Cette simple idée la plongeait dans un trouble inédit. Ses genoux se mirent à trembler légèrement. Elle fit un effort pour reprendre son souffle.

— Et si vous échouez ?

— Alors, je vous promets de faire tout mon possible pour séduire ma tante Gustine à l'avenir.

Elle le regarda bien en face d'un air amusé, car elle était certaine de gagner le pari.

— D'accord ! Marché conclu ! Je vous accompagne pendant quelques mètres.

Elle le suivit en effet dans le labyrinthe, bien décidée à le laisser continuer seul dès le premier tournant. Mais les mots de Jake résonnaient encore à ses oreilles. « Je vous parie un baiser que j'y arrive », avait-il dit avec assurance, comme s'il était certain de son succès. A quel genre de baiser songeait-il ?

— Passez devant, c'est vous qui connaissez le chemin, dit-il en s'effaçant.

— Je ne me souviens que du premier tronçon et, d'ailleurs, il est hors de question que je m'aventure dans ces ténèbres ! Je vous amène jusqu'au prochain carrefour et je repars.

Elle eut un léger rire.

— Vous pouvez commencer dès maintenant à chercher ce qui pourrait séduire votre tante Gustine !

Il lui saisit la main et la serra très fort au creux de la sienne.

— Pas question de nous séparer ! La lune s'est levée, voyez comme elle éclaire notre chemin ! Et il faut bien que vous soyez avec moi au centre pour me donner un baiser !

Tout en disant ces mots, il enfonça le talon dans le sable de l'allée pour y laisser une empreinte assez profonde.

— Que faites-vous ? dit Clarissa en essayant de se dégager.

— Je marque notre passage de manière que nous ne nous perdions pas au retour.

— Vous parlez pour vous puisque je vous dis que je ne veux pas vous accompagner. Puis-je savoir à partir de quand vous admettrez votre défaite ?

— Attendez ! Nous commençons à peine !

— Vous, vous commencez. Moi, je rentre au palais. Je n'ai pas l'intention de vous attendre à l'extérieur toute la nuit !

— Venez avec moi durant dix minutes seulement, vous verrez que je trouverai.

— Quelle présomption ! C'est impossible la première fois, et surtout en dix minutes !

— Alors, accordez-moi une demi-heure.

— Même en une heure, vous échouerez.

— Deux baisers que j'y arrive !

— Vous pouvez bien en parier douze, vous ne pourrez pas.

Mais tout en parlant, elle le suivait sans résistance. Au bout de quelques minutes, après avoir parcouru un circuit compliqué, ils retrouvèrent les traces que Jake avait laissées sur le sol.

— Vous voyez, nous n'avons fait que tourner en rond !

— J'avais voulu explorer d'abord ce côté-là, mais maintenant, je suis sûr que celui-ci est le bon.

Il l'entraîna dans le dédale d'allées sous le halo de la lune, comme si leur plan était gravé dans sa mémoire. Et au bout d'un quart d'heure environ, à sa grande stupeur, Clarissa se trouva soudain devant la fontaine qui brillait dans le noir, c'est-à-dire juste au centre du labyrinthe! Jake consulta sa montre.

— Vingt-quatre minutes, très exactement !

Le cœur de Clarissa se mit à battre follement. Jake n'allait tout de même pas vouloir l'embrasser là, maintenant ? Elle retira prudemment la main de la sienne, et fut étonnée qu'il la laisse échapper aussi facilement.

— Je n'avais jamais vu le jet d'eau de nuit, c'est ravissant, dit-elle pour faire diversion.

— Il faudra que je revienne de jour pour voir la différence, conclut Jake.

En faisant le tour de la haute fontaine, il découvrit soudain derrière la fausse roche dont elle jaillissait une entrée dérobée au milieu du lierre et de la mousse. Clarissa retint son souffle. Elle s'était bien gardée de lui signaler ce lieu secret.

— Venez, Clarissa ! On peut entrer dans le rocher ! Et il y a de la lumière ! Oh, que c'est joli ! L'intérieur est aménagé comme un château de conte de fées miniature.

Il venait d'appuyer sur un interrupteur qui commandait une guirlande lumineuse dans le petit édifice.

— J'y suis déjà allée, je le connais, s'empressa-t-elle de répondre sans bouger.

— Mais venez donc ! Il n'y a pas de monstre ici, personne ne va vous dévorer !

Mue par une force invisible, elle s'avança pour le rejoindre, comme un condamné s'avance vers l'échafaud. Non, elle ne le laisserait pas l'embrasser ! Mais il faudrait qu'elle fasse preuve d'une certaine volonté tout de même…

A peine avait-elle posé le pied à l'intérieur qu'il la prit dans ses bras et se mit à danser une valse inconnue dont il fredonnait quelques mesures d'un air câlin. Et soudain, elle sentit sa peur s'évanouir comme par magie et tous ses tourments la quitter. C'était le moment le plus irréel de sa vie… Elle dansait dans un décor fantasmagorique avec l'homme le plus séduisant qu'elle eût jamais rencontré ! Il la portait presque, ses pieds touchaient à peine le sol. Elle se sentait légère, légère…

Les yeux noirs de Jake plongeaient dans les siens et il continuait de l'entraîner dans un tourbillon délicieux, comme si une musique les guidait. Soudain, en passant près de l'interrupteur, il éteignit la lumière et ils se retrouvèrent dans une obscurité presque complète, car la lune à l'extérieur venait aussi de disparaître derrière un nuage.

— J'adore être dans le noir, pas vous ? murmura Jake à son oreille.

Un frisson s'empara d'elle mais elle ne chercha pas à fuir. Il lui caressa doucement les cheveux et la joue, puis lui prit le menton. Elle distinguait à peine ses traits, mais ses yeux brillaient dans l'ombre.

— J'ai toujours eu envie de toucher votre superbe chevelure de feu.

— Jake…

— Oui ?

— Rallumez ! Et nous devrions partir d'ici. Notre absence va paraître suspecte.

Comme il n'en faisait rien, elle tendit le bras pour rallumer. Il la reprit fermement contre lui. Elle tremblait comme une feuille et son cœur bondissait dans sa poitrine.

— Je vous rappelle que nous avons fait un pari, dit-il d'un air malicieux.

— Non, je suis sûre que vous avez triché ! Vous aviez demandé le plan de ce labyrinthe à l'un des serviteurs, n'est-ce pas ?

— Pas du tout, je vous le jure. Mais j'ai toujours adoré les puzzles, les énigmes et les problèmes en tout genre, et par-dessus tout les labyrinthes. Je suis très fort dans ce domaine. J'ai une espèce d'intuition, je pense.

Clarissa ne savait que répondre. Pouvait-elle encore mettre en doute la bonne foi de l'héritier de la couronne? Comme il la serrait un peu plus fort, elle sentit ses genoux sur le point de fléchir tout à fait. Jake se pencha sur elle, si près qu'elle sentit son souffle sur ses lèvres.

— Ce n'est pas notre premier rendez-vous, Clarissa. Même une jeune fille aussi prude que vous peut bien accorder un baiser le troisième soir.

— Il ne s'agit pas de rendez-vous..., protesta-t-elle mollement.

Allait-il vraiment l'embrasser ou cherchait-il juste à la taquiner ?

— Comment cela ? Nous avons d'abord dîné ensemble à votre hôtel à Los Angeles, puis le lendemain sur la plage, et enfin aujourd'hui.

— Mais... ce n'étaient que des rencontres de convenance, des arrangements. Je remplissais une mission...

— Vous avez même partagé un repas de famille avec moi ce soir ! Nous sommes très intimes, je vous assure !

A peine eut-elle le temps d'entrouvrir les lèvres pour le contredire que celles de Jake vinrent s'y poser sans attendre son consentement.

5.

Clarissa faillit s'évanouir sous son baiser. Jamais elle n'avait éprouvé un tel embrasement de tous ses sens entre les bras de Philippe… Tous ses grands principes, son sens du devoir et du protocole, l'abandonnaient soudain. C'était comme si elle se trouvait sous l'emprise d'une drogue. Elle ne savait plus qui ni où elle était, mais elle aurait voulu rester ainsi toute sa vie.

Jake la serrait de plus en plus fort et elle-même n'aspirait qu'à un contact encore plus intime. Mais tout à coup la lumière s'éteignit et ils se retrouvèrent plongés dans la plus profonde obscurité. Jake relâcha son étreinte et Clarissa faillit perdre l'équilibre. Elle s'adossa au mur pour ne pas tomber tandis qu'il s'éloignait d'elle, sans doute pour tenter de rallumer la lampe, mais sans succès.

— Oh, j'avais oublié… Toutes les lumières du parc s'éteignent à minuit, souffla-t-elle d'un air désespéré.

— Mais il n'est pas encore minuit !

— Alors, c'est une panne, cela arrive de temps en temps. Vous avez un briquet sur vous ?

— Non, vous savez bien que je ne fume pas ! Et la lune est cachée… Comment allons-nous retrouver notre chemin ?

— Il faut trouver une solution ! Et moi qui ai laissé mon téléphone dans ma chambre !

— J'ai bien le mien, mais qui appeler ? Le prince, c'est impossible, je suppose. Peut-être Gustine ou Marie ?

— Je n'ai pas leurs numéros sur moi.

— N'ayez aucun regret, de toute façon, pour les lire, il aurait fallu de la lumière !

Clarissa sursauta. La voix de Jake s'éloignait, il se dirigeait sans doute vers l'entrée du château miniature. Mais il revint aussitôt.

— L'interrupteur ne fonctionne plus. Vous avez raison, le circuit doit être commandé à distance.

— Mon Dieu ! Nous sommes dans de beaux draps ! Nous ne pourrons jamais retrouver notre chemin dans le noir !

— On s'apercevra bien de notre absence.

— Quand ? Demain matin, quand votre valet viendra vous réveiller pour partager le petit déjeuner de votre grand-père ?

— Alors, il faut nous préparer à passer la nuit ici.

— Oh, c'est affreux ! Si nous essayions de crier ?

— Pourquoi affreux ? Ma compagnie vous déplaît-elle tant que cela ? Ce n'est pas ce que j'ai cru deviner tout à l'heure. Nous trouverons bien à nous occuper d'ici à demain matin !

A l'idée qu'ils puissent encore partager un ou plusieurs baisers comme celui qu'ils venaient d'échanger, elle se sentit brusquement saisie de panique. Elle se mit à marcher lentement dans le noir pour lui échapper.

Elle ne voulait pas songer à ce qui pourrait se passer encore avec Jake. C'était sûrement un homme qui ne cherchait qu'une aventure et elle devait absolument lui résister. Et, quoi qu'il en soit, elle n'avait pas encore oublié Philippe, il était trop tôt pour se jeter dans les bras d'un autre homme, surtout celui-là !

— Où êtes-vous ?

La voix de Jake était si proche qu'elle sursauta.

— Ici…

— Ah, très bien. Nous allons pouvoir reprendre notre… euh, conversation… Il faut bien tuer le temps !

— Certainement pas. J'ai payé ma dette, cela suffit.

— Ne faites pas l'enfant ! Il commence à faire froid, venez contre moi, nous nous réchaufferons.

— Vous n'imaginez pas quel scandale ce sera lorsque votre famille apprendra que nous avons passé la nuit ensemble ! dit-elle pour l'obliger à changer de sujet.

— Nous ne sommes pas à l'hôtel, voyons !

— C'est pire, parce que ici, tout le monde le saura !

Elle se sentait si désespérée tout à coup, qu'elle aurait été capable de ramper dans le noir le long des couloirs du labyrinthe pour tenter de trouver la sortie. Mais cette idée était complètement absurde.

— Eh bien, cela donnera encore à tante Gustine des arguments contre moi ! Elle en sera ravie…

Il avait prononcé ces mots d'un air si résigné que Clarissa ne put réprimer un rire nerveux. Mais elle se ressaisit aussitôt. Elle se trouvait dans une situation particulièrement compromettante avec le futur prince, qui n'était autre que le cousin de son fiancé disparu, et elle avait le cœur à s'en amuser !

— Vous devez avoir froid, dit Jake en s'approchant d'elle.

En réalité, elle ne savait pas si c'était de froid qu'elle tremblait… Quand il l'avait embrassée, elle avait eu la sensation de s'enflammer comme une torche !

— Non, non, pas du tout, souffla-t-elle en reculant.

Elle se racla la gorge.

— Nous… euh, nous devrions parler pour passer le temps…

Hélas, elle ne trouvait aucun sujet de conversation et Jake gardait un silence effrayant. Elle prit un ton distant.

— Vous ne m'avez pas dit quelles étaient vos premières impressions sur la principauté. Est-ce que vous ne vous sentez pas un peu chez vous, ici ?

— Non, vraiment pas, répondit Jake au bout de quelques secondes, avec un profond soupir.

— Mais… il s'agit du berceau de votre famille.

— A part une certaine ressemblance avec mes ancêtres, rien ne me parle de famille au palais, et surtout pas l'accueil de mon grand-père. A propos, y a-t-il quelque part des portraits de Michael et de Philippe ?

— Pas dans la galerie, elle n'est consacrée qu'aux princes et à leurs épouses. Avez-vous vu celui de votre grand-père quand il était jeune ? Et celui de votre grand-mère ?

— Répondez-moi. Où puis-je voir les portraits de mon oncle et de mon cousin ?

— Je vous les montrerai un jour.

— Ce sera une visite officielle, où vous aurez la fonction de guide, je suppose ? A moins que nous ne réussissions à trouver un moment d'intimité?

— Il y a peu de lieux intimes à visiter ici…

Elle tentait d'esquiver au mieux les ambiguïtés, mais, avec Jake, c'était difficile. Ce qu'il fallait en tout cas, c'était le faire parler tout le temps, pour qu'il ne songe pas à l'embrasser !

— Nous avons quelques bons théâtres. Peut-être aimeriez-vous y aller ?

— D'accord, demain, vous me ferez faire un tour complet. D'abord les monuments et les curiosités, puis le soir… les cabarets et le reste.

— Demain, vous devez encore rencontrer le prince, je vous le rappelle.

— Oh, ce ne sera pas long ! Après mon entrevue avec lui, nous pourrions prendre rendez-vous pour déjeuner dans un restaurant à la campagne. Ce sera bien plus agréable que de déjeuner en face de tante Gustine !

— Je crains que votre « entrevue » avec votre grand-père ne dure une bonne partie de la journée. Il va vous falloir apprendre nos coutumes et nos traditions.

— Clarissa, vous n'avez toujours pas compris. Je n'ai pas l'intention de rester dans ce pays, je vous le répète. Et si le prince m'ennuie, je quitterai le palais pour m'installer à l'hôtel.

— Mais…

Brusquement, il la prit par le bras.

— Vous tremblez ! Mais oui, bien sûr, vous avez froid !

Il ôta sa veste pour la lui poser sur les épaules et en profita pour l'attirer contre lui. Au lieu de s'écarter comme elle aurait voulu le faire, elle se blottit contre lui presque malgré elle. Mais elle se hâta de poursuivre ses propos, de manière à ne pas trop laisser libre cours à ses sensations.

— Les paysages sont magnifiques tout autour de la capitale, vous verrez. Je suis sûre que vous allez adorer ce pays, d'autant plus que ses habitants sont charmants.

Alors que Jake sans lui répondre profitait de son inattention pour la serrer un peu plus fort, tout à coup, la lumière revint.

— Que se passe-t-il ? souffla-t-il d'un air un peu déçu.

— L'installation électrique est un peu vétuste et assez capricieuse. Dépêchons-nous de sortir d'ici avant qu'elle ne tombe de nouveau en panne !

Jake lui prit la main et l'entraîna au long des allées où les marques faites par lui sur le sol leur permirent de retrouver leur chemin. Et à leur grande stupeur, ils découvrirent devant la sortie le fidèle Jérôme qui les attendait !

— Ah, Monseigneur, vous étiez là ! J'étais très inquiet de ne pas vous voir. C'est l'un de mes collègues présent au dîner chez le prince Guilliam qui m'a suggéré de venir vous chercher ici, et j'ai fait rallumer les lumières du parc.

— Merci, Jérôme. Pourriez-vous raccompagner Mlle Duvernay chez elle sans fanfare, s'il vous plaît ?

— J'ai fait venir une voiture pour Mlle Duvernay.

— Vous êtes parfait, mon ami. Clarissa, nous nous verrons demain. Je passerai vous prendre à midi. Le chauffeur connaît certainement votre adresse.

— Je pense que vous ne pourrez pas vous libérer, dit-elle en lui rendant sa veste.

— Bien sûr que si, faites-moi confiance.

— Laissez une chance à votre grand-père.

— M'en a-t-il laissé, à moi, quand j'étais enfant ?

Clarissa s'engouffra dans la voiture sans autre commentaire. Son cœur battait encore au souvenir de leur baiser, et ce n'était pas raisonnable du tout ! Elle avait beau essayer de faire la liste de tous les défauts de Jake, elle ne parvenait pas à le trouver vraiment antipathique... Il lui suffisait d'entendre sa voix pour se sentir sans volonté.

Mais il lui avait bien dit qu'il ne songeait pas du tout au mariage. Alors, s'il ne cherchait qu'une aventure, autant cesser de rêver.

Le lendemain, à midi précisément, une longue limousine gris métallisé vint s'arrêter sous les fenêtres de Clarissa. Elle n'en fut pas autrement surprise. Ainsi, Jake avait réussi à se libérer, alors que son grand-père devait s'entretenir avec lui des institutions de la principauté... Mais elle avait déjà eu l'occasion de constater qu'il parvenait toujours à ses fins.

Il portait un pantalon de toile gris-vert et un polo blanc. Quand il la vit à la fenêtre, il lui fit un signe de la main.

— J'espère que vous êtes prête !

— Comment avez-vous faussé compagnie à votre grand-père ?

— Je vous raconterai. Avez-vous une voiture ?

— Oui…

— Alors, je renvoie la limousine.

Il se pencha pour parler au chauffeur avant de venir à sa rencontre. Quelques minutes plus tard, Clarissa se retrouvait à la place du passager dans sa propre voiture sur les routes de la principauté de Marique. Elle dut tout d'abord lui indiquer le chemin du village où se fabriquait le fameux savon artisanal dont elle lui avait parlé.

Le paysage tout autour d'eux était aussi superbe que dans ses descriptions. Mais elle le connaissait par cœur, et malgré ses grandes résolutions de la veille, son attention était davantage centrée sur l'homme qui se trouvait à son côté. Elle mit ses lunettes de soleil pour qu'il ne la surprenne pas en train de l'observer du coin de l'œil.

Ses cheveux noirs épais et la ligne carrée de ses mâchoires étaient un signe de caractère bien trempé qu'il partageait avec ses ancêtres. Mais ses lèvres charnues comme celles d'une femme lui donnaient un air doux et sensuel… Elle sursauta quand il tourna soudain la tête de son côté

— Pourquoi me regardez-vous ? dit-il en riant.

— Vous deviez m'expliquer comment vous avez réussi à vous échapper…

— Oh, c'est simple. Mon grand-père a commencé par m'avertir qu'il m'avait trouvé un « tuteur » pour m'enseigner mon futur métier de prince.

Clarissa n'avait pas besoin d'en entendre plus. Elle n'imaginait que trop bien la réaction de Jake. Il n'était pas homme à recevoir des ordres, contrairement à Philippe qui acquiesçait à toutes les demandes du souverain, même s'il pestait en privé contre ses abus d'autorité.

— Je lui ai répondu que c'était absolument inutile, poursuivit-il tranquillement.

— Et comment le prince a-t-il réagi?

— Oh, assez mal. Il pense qu'il a des droits sur moi, apparemment.

— C'est normal, vous êtes l'héritier du trône et il tient à vous former à votre future tâche de souverain.

— C'est bien le problème. Le souci de la dynastie lui importe plus que le sort de sa famille. Quand je n'étais pas l'héritier du trône, il se moquait bien de moi.

— C'est ma faute. J'aurais dû vous persuader de l'écouter et refuser de vous voir aujourd'hui. Ce n'est pas seulement important pour le prince, mais pour le pays.

— Cette conversation m'ennuie. Parlez-moi plutôt de ces belles montagnes, au bout de la vallée.

Clarissa se mit à parler de la région mais Jake l'écoutait d'une oreille distraite. Il songeait encore à son entretien avec le prince le matin même. Il avait voulu lui faire comprendre qu'il n'était pas à ses ordres et que, tout souverain qu'il était, il devait parfois renoncer à voir aboutir ses projets. N'était-ce pas ce qui s'était passé pour sa mère lorsqu'elle s'était retrouvée seule et sans ressources pour l'élever après la mort de son père ?

Mais le prince Guilliam avait très mal pris son discours et il était entré dans une violente colère. Jake lui-même avait dû faire un grand effort pour garder son sang-froid et, une fois seul, il s'était rendu compte que son ressentiment contre son grand-père était encore plus vif qu'avant. Il en était d'autant plus dépité qu'il espérait de cette rencontre un peu plus de compréhension de la part du souverain.

Quant au prince, peut-être avait-il enfin pu mesurer après coup combien Jake et sa mère avaient souffert de son rejet, mais il n'en avait rien laissé paraître sur le moment. Jake savait bien que la vengeance ne servirait pas à grand-chose, et surtout pas à réparer les souffrances du passé. Mais il aurait voulu trouver un moyen de faire payer à Guilliam sa cruauté.

Sa mère n'avait jamais demandé autre chose qu'un peu de reconnaissance. Le prince l'avait ignorée, méprisée, et Jake ne le lui pardonnerait jamais.

Mais peu à peu, la voix douce de Clarissa parvint à chasser toutes ces sombres pensées. En se tournant un instant pour la regarder, il fut surpris de capter dans ses yeux une lueur de tendresse comme il n'avait pas eu l'occasion d'en voir depuis longtemps. Que cherchait-elle ? On aurait dit qu'elle voulait le séduire… Etait-ce un nouveau manège pour tenter de remplir sa mission auprès du prince ? Son grand-père avait échoué à le convaincre par les arguments de la richesse et du pouvoir. Avait-il demandé à Clarissa d'user de ses charmes ?

Elle se hâta de détourner la tête pour ne pas soutenir trop longtemps son regard. Jake ne put réprimer un sourire. Peut-être avait-elle l'attitude d'une femme amoureuse, mais ce n'était sans doute qu'un jeu pour le prendre au piège ! Après tout, il n'avait qu'à être patient et il connaîtrait bien la vérité, tôt ou tard.

Quand il l'avait embrassée dans le labyrinthe, elle avait paru très émue, elle n'avait donc pas su se préparer à jouer la comédie… Il faudrait qu'il recommence pour pouvoir observer vraiment ses réactions.

Elle s'était brusquement arrêtée de parler. Un peu pris au dépourvu parce qu'il n'avait pas entendu ses derniers propos, Jake toussota.

— Connaissez-vous un restaurant par ici ? Je commence à avoir faim.

— Il y en a un très réputé dans la prochaine petite ville. Avec ce beau temps, nous pourrions même déjeuner en terrasse.

Quelques minutes plus tard, ils étaient attablés à l'ombre d'un parasol sur la terrasse de La Rouchère, une charmante auberge de style montagnard où se pressait une foule de touristes. Jake fit remarquer à Clarissa qu'il n'avait pas prévu une telle agitation.

— C'est le jour du marché artisanal qui attire des gens venus de partout. Et ce restaurant figure dans de nombreux guides.

— Nous pourrions aller faire un tour sur ce marché après le repas, non ?

A peine avait-il posé cette question qu'une grande jeune femme blonde fit irruption à leur table, sans laisser à Clarissa le temps de lui répondre.

— Clarissa ! Quelle surprise de vous trouver ici !

Elle se pencha pour l'embrasser avant de poursuivre :

— La dernière fois que je vous ai vue, vous étiez sur le point de partir aux Etats-Unis pour aller chercher l'héritier du trône !

Jake s'amusait beaucoup de la mine effarée de Clarissa. Elle se demandait sans doute comment le présenter à son amie. Devait-elle révéler qu'il était le futur prince en balade incognito avec elle, ce qui pouvait paraître un peu choquant, ou bien inventer très vite une histoire pour couvrir cette entorse au protocole ? Elle opta finalement pour la franchise.

— Jeannette, je te présente Son Altesse le prince Jean-Antoine, dit-elle avec solennité.

Il crut bon de se lever et de tendre la main à la nouvelle venue, mais elle le dévisagea sans bouger avec une stupeur tout à fait comique. Il se demanda si elle n'allait pas s'évanouir.

— Enchanté, mademoiselle, dit-il sans perdre son calme pour autant.

La pauvre Jeannette se tourna vers Clarissa en bredouillant :

— Ah… je… je ne m'attendais vraiment pas… je veux dire… Alors, c'est…

— Nous sommes arrivés hier et je fais visiter à Son Altesse les sites pittoresques de la principauté.

Jeannette parut recouvrer un peu de sang-froid et se tourna de nouveau vers Jake avec un sourire béat.

— Je vous demande pardon, Votre Altesse, je n'aurais jamais dû vous déranger… C'est que, voyez-vous, j'étais si étonnée de voir Clarissa ici, et surtout avec un homme ! Oh, pardon, ce n'est pas ce que je voulais dire… Je… je crois que je ferais mieux de vous laisser en paix…

Elle s'inclina d'un air très respectueux et qui parut un peu ridicule à Jake.

— Votre Altesse, j'ai été très honorée…

Et elle partit à reculons, le visage cramoisi, heurtant une table voisine dans sa retraite.

Jake reprit place sur sa chaise et lança un regard courroucé à Clarissa.

— Pouvez-vous me dire pourquoi vous m'avez présenté à cette jeune femme de cette façon ?

— De quelle façon ? Vous êtes prince, que vous le vouliez ou non.

— Je ne le suis pas !

— Vous ne pouvez pas renier votre titre.

— Vous ne cherchez qu'à me manipuler ! Vous n'aviez pas à clamer qui je suis !

— Vous ne m'aviez pas demandé de rester incognito. C'est vous qui avez voulu venir ici. Si je ne vous convicns pas, trouvez un autre guide pour visiter le pays.

Brusquement, Jake ne savait plus que penser. Il décida d'entrer dans son jeu.

— Si vous me considérez comme votre prince, alors sachez que moi je considère votre attitude comme irrespectueuse. Vous n'avez pas à prendre la moindre initiative sans me consulter.

Le maître d'hôtel venait d'arriver et s'inclina de manière théâtrale. Sans doute Jeannette avait-elle déjà répandu la nouvelle et la fierté d'avoir pour client le futur prince mettait le personnel du restaurant dans tous ses états.

— Eh bien, vous êtes contente ! lança Jake après qu'ils eurent passé la commande.

— De quoi ?

— Vous auriez dû faire venir la fanfare, aussi.

— Un prince a droit à des égards particuliers, il faudra vous y accoutumer.

— Vous jubilez, n'est-ce pas ?

— Non, pas spécialement.

— Mais… ?

— Il n'y a pas de mais. Vous savez, je ne me sens pas très à l'aise. Moi aussi, j'aime passer inaperçue. Mais avec Philippe, il a bien fallu que je m'habitue aux honneurs.

— Et lui, est-ce qu'il aimait tout ce tralala?

— Il l'avait connu depuis sa plus tendre enfance, c'est différent.

— Pas moi, puisque la famille m'a renié ! Et en Amérique, nous avons plutôt pour coutume de vivre sans faire de manières.

— Ici, nous respectons la bienséance.

— A partir de maintenant, je vous ordonne de ne plus dévoiler qui je suis !

Clarissa se mordit les lèvres pour ne pas lui répondre trop vertement. Finalement, elle lui adressa un petit sourire amusé.

— Vous savez, vous ne pourrez pas passer longtemps inaperçu. Bientôt, tout le monde vous reconnaîtra dans la rue.

— Certainement pas, ou alors ce sera à cause de vous ! Je vous demande de tout faire pour ne pas ébruiter que je suis ici, et, surtout, de ne pas avertir la presse. Mais maintenant, il est peut-être déjà trop tard, puisque votre amie est au courant !

— Vous avez tort…, murmura Clarissa d'un air songeur.

Il faillit renchérir mais il eut soudain une idée. Et si au contraire il laissait se répandre la nouvelle de sa présence, quel affront ce serait pour son grand-père lorsque le peuple apprendrait qu'il avait refusé la couronne ! Il la tenait, sa vengeance !

Clarissa l'observait sans rien dire. Elle n'osait pas lui annoncer ce que le prince avait prévu pour lui les jours suivants. Mais il faudrait bien qu'il l'apprenne.

— C'est que, justement… le prince a pris des mesures pour vous présenter officiellement à son peuple, qui sera bientôt le vôtre.

— Vous voulez dire qu'il va organiser une cérémonie officielle ou quelque chose de ce genre ?

— Oui, et elle sera retransmise à la télévision.

— Tiens, tiens…

— Si vous aviez été l'héritier de la couronne, une intronisation aurait eu lieu le jour de vos dix-huit ans.

— Je croyais qu'il voulait seulement me présenter aux ministres et à divers personnages importants de la principauté.

— C'est ce qu'il fera ce soir-là.

— Pourquoi ne m'avez-vous pas tenu au courant de tous ces projets ?

Clarissa n'eut pas le temps de lui répondre car le serveur arrivait, accompagné du directeur. Ce dernier vint s'incliner devant Jake en le remerciant avec une grande déférence de l'honneur qu'il lui faisait. Jake lui adressa un aimable sourire et le félicita de la qualité de son établissement.

— Pourriez-vous donner l'ordre de laisser libres les tables qui nous entourent ?

— Bien sûr, Votre Altesse ! Vos désirs sont des ordres.

— Merci, je me souviendrai de votre accueil.

Le directeur parut extrêmement flatté des paroles de son futur prince et s'éclipsa discrètement.

— C'est très bien, vous lui avez tenu exactement le genre de propos qui sied à votre rang, remarqua Clarissa quand les deux hommes furent repartis.

Jake hocha la tête en piquant sa fourchette dans le mets délicieux qu'on lui avait servi, une entrée chaude de divers crustacés.

— Je commence à prendre goût au fait que mes désirs soient des ordres. Et à propos, je me demandais où s'arrête un tel pouvoir…

— Que voulez-vous dire ?

— Si je vous ordonnais tout à l'heure de m'embrasser comme hier soir, seriez-vous obligée de m'obéir ?

6.

Clarissa se sentit devenir cramoisie.

— Non, votre pouvoir ne s'étend pas jusque-là, répondit-elle d'un ton sec.

— Oh, dommage..., conclut-il en riant.

Mais en réalité, il ne regrettait rien. Il n'aurait pas aimé lui imposer ce genre de devoir. Il appréciait au contraire le fait qu'elle ne soit pas soumise au moindre de ses ordres. S'ils devaient un jour échanger un autre baiser, ce serait avec son consentement, bien entendu.

Quand ils eurent terminé leur repas, Jake suggéra un petit tour sur le marché artisanal. Ils n'eurent pas beaucoup à marcher. A peine eurent-ils tourné le coin de la rue qu'ils se retrouvèrent plongés dans une foule bigarrée au milieu de stands variés assaillis de badauds.

Ils commencèrent à flâner de l'un à l'autre, passant d'un étal de fruits à une échoppe de sacs en cuir, puis de vêtements ou de sculptures en bois. Mais bientôt, en observant les vendeurs, Jake s'aperçut qu'ils s'inclinaient respectueusement sur leur passage et qu'aucun d'entre eux ne se permettait de les apostropher pour qu'ils achètent leurs produits, comme ils le faisaient avec les autres touristes.

— Est-ce que par hasard votre amie Jeannette aurait oublié de tenir sa langue ? murmura-t-il à l'oreille de Clarissa en grimaçant.

— Et alors ? Je ne vois pas en quoi le fait d'être reconnu peut vous gêner.

— J'aurais aimé visiter ce pays en simple touriste américain. N'importe lequel de mes compatriotes adorerait ce petit marché, et le pays tout entier, d'ailleurs.

Il ne précisa pas à Clarissa qu'il avait déjà songé à construire en Marique un complexe hôtelier de luxe. Dans cette région de montagnes, avec tout le folklore d'un vieux pays d'Europe traditionnelle, il n'aurait aucun mal à trouver une riche clientèle pour le remplir.

Il faudrait qu'il commence à prendre des notes dès le soir même pour les soumettre à son associé en rentrant à Los Angeles...

A la fin de l'après-midi, Clarissa se sentait épuisée, car Jake avait fait halte à presque tous les stands pour bavarder avec les vendeurs. Il leur posait des questions, les complimentait sur leur travail, et leur suggérait même des idées de décoration. Elle se demanda s'il n'allait pas leur proposer de venir lui-même transformer leurs échoppes !

Elle ne savait pas comment il s'y prenait, mais il charmait tout le monde. Si seulement il pouvait parvenir à amadouer aussi sa tante Gustine et le prince Guilliam ! songea-t-elle en soupirant.

Avant de remonter en voiture, il s'approcha d'un belvédère qui donnait sur la vallée pour examiner la configuration du site. Il imaginait fort bien à quel endroit il pourrait réaliser son projet de construction.

— C'est joli, n'est-ce pas ? lui demanda Clarissa avec une certaine fierté dans la voix.

Elle commençait à se sentir intriguée par l'insistance avec laquelle il contemplait la région.

— Oui, la vue est magnifique, et puis la ville aussi. L'architecture de ces vieux bâtiments est superbe.

Enfin, il se décida à faire demi-tour.

— Est-il trop tard pour visiter le village du savon ?

— Vous voulez parler de la fabrique artisanale ? Oui, je pense qu'elle sera fermée, nous irons un autre jour. En réalité, chaque famille du village se voue à cette activité, on peut aller acheter ces produits directement dans les maisons.

— Dommage, mais je note que c'est un de nos projets pour les jours prochains, affirma-t-il sans appel.

— Vos désirs sont des ordres, dit-elle en souriant.

— Vraiment ? Ce n'est pas ce que vous prétendiez tout à l'heure !

— Comment cela ?

— Vous avez déjà oublié ?

— De quoi parlez-vous ?

— Du baiser.

Clarissa se mordit les lèvres pour ne pas rire et tenta de prendre un air pincé. Elle savait bien qu'il la taquinait, mais comme ils se trouvaient de nouveau tout près l'un de l'autre dans sa petite voiture, elle se mit à frémir malgré elle. Comme s'il avait deviné son trouble, il lui caressa doucement la joue. Elle dut se maîtriser pour qu'il n'entende pas son souffle devenu soudain court.

Cet homme était désarmant… D'abord, il prétendait qu'il se moquait éperdument de la principauté de Marique et ne venait la visiter que par pure curiosité. Et puis il se passionnait tout à coup pour le pays et ce qu'il s'y passait, au point de séduire le peuple de manière tout à fait délibérée, ce que n'avait jamais su faire Philippe, par exemple.

Comme il venait de mettre le moteur en marche, elle en profita pour l'observer discrètement. Il avait un peu le même profil que son ex-fiancé, mais comme ils étaient différents par ailleurs ! Aussitôt, elle se ressaisit. Elle n'avait pas à comparer sans cesse les deux hommes, c'était ridicule !

Philippe avait reçu une éducation tout autre que celle de Jake, mais celui-ci n'était pas forcément plus éloigné de ses futurs sujets. Il savait respecter le travail des petites gens parce qu'il avait connu leur milieu. Il semblait avoir beaucoup de cœur et tous étaient touchés par la manière dont il s'adressait à eux.

Elle se souvenait encore de sa surprise quand elle lui avait appris que Philippe ne travaillait pas. C'était une chose qu'il ne pouvait même pas imaginer.

— Il faut que vous m'indiquiez la route, Clarissa…

Brusquement tirée de sa rêverie par ces paroles, elle s'aperçut qu'ils approchaient des faubourgs de la capitale. Elle lui précisa par quel chemin rejoindre le centre, un peu soulagée tout à coup de sentir que la journée se terminait, car elle était épuisée. En même temps, une vague mélancolie l'envahissait à la pensée de devoir quitter Jake. Mais heureusement, il lui avait demandé de lui servir de guide encore les jours suivants…

Ils venaient d'arriver au coin de sa rue et, quelques secondes plus tard, Jake arrêtait la voiture juste devant son garage.

— Devons-nous vraiment nous dire au revoir aussi vite ? demanda-t-il comme s'il avait deviné ses pensées.

— Hélas, j'ai encore pas mal de choses à faire.

— Quel dommage, j'ai envie de me promener encore un moment.

— Voulez-vous entrer pour appeler un chauffeur du prince ?

— Non, je préfère continuer à pied. Je vais traverser la ville, cela me permettra de mieux la connaître.

— Mais nous sommes à au moins cinq kilomètres du palais !

— J'ai le temps, et puis la nuit est encore loin de tomber.

— Vous allez vous perdre, c'est assez compliqué.

Il lui adressa un sourire malicieux.

— Vous avez déjà oublié que j'avais un excellent sens de l'orientation ?

— A mon avis, vous aurez tout de même à demander votre chemin. J'espère que vous trouverez des habitants parlant l'anglais.

Elle ne pouvait s'empêcher de ressentir une vague culpabilité à l'idée de le laisser se débrouiller seul. Bien sûr, c'était un grand garçon, mais s'il lui arrivait quelque chose... Elle décida pourtant de le laisser faire à sa guise et, après lui avoir donné quelques explications sur la route à suivre, elle le regarda s'éloigner avec un léger pincement au cœur.

Il avait toujours cette démarche nonchalante qui l'avait tant séduite le premier jour sur le chantier à Los Angeles. Elle aurait pu le regarder durant des heures... Mais quand il eut tourné le coin de sa rue, elle dut se résigner à rentrer chez elle.

Son appartement lui sembla étrangement vide ce soir-là, exactement comme l'était sa vie depuis un certain temps... Excepté, bien sûr, les journées comme celle qu'elle venait de vivre. Elle ne s'était jamais sentie aussi vivante depuis bien longtemps. Et elle le devait à cet homme étrange et irritant qui s'obstinait à refuser son héritage et la chance de devenir prince !

Jake dut se faire violence pour ne pas appeler Clarissa les jours suivants. Peut-être acceptait-elle de l'accompagner dans ses pérégrinations parce qu'elle y trouvait un certain plaisir, mais il se demandait parfois si elle ne faisait pas qu'obéir aux ordres du prince dans le but de le séduire et de le retenir dans la principauté. Rester deux journées sans la voir serait certainement salutaire pour lui et bénéfique pour leurs relations.

Durant ces quarante-huit heures, il décida de profiter de son temps libre pour en apprendre plus sur sa famille. Il commença par interroger Jérôme sur son oncle et son cousin disparus. Mais lorsqu'il se mit à lui poser certaines questions concernant son grand-père, son valet se montra soudain beaucoup plus discret. Il se borna à affirmer que le prince Guilliam avait été convaincu en toute bonne foi d'avoir accompli son devoir en répudiant son fils après son mariage avec une étrangère.

Jake se garda bien d'exprimer ses commentaires, et se contenta d'attendre sa prochaine entrevue avec son grand-père pour tenter de mieux le cerner. Le lendemain matin, il était prévu qu'il assiste à une réunion avec ses ministres. Jake s'y rendit avec une certaine curiosité et il y reçut un certain nombre d'informations intéressantes, notamment sur l'économie du pays.

Mais bientôt, des conflits internes au gouvernement se firent jour, et les discussions prirent un ton polémique. Jake assista au débat sans intervenir, mais quand il se retrouva seul avec son grand-père, il aurait aimé profiter de l'occasion pour exprimer certaines remarques. Hélas, il savait trop bien que le souverain ne les apprécierait pas.

Il faisait un effort pour améliorer ses manières, comme le lui avait suggéré le prince, alors qu'en réalité, il se moquait pas mal du protocole de ce petit pays arriéré ! D'ailleurs, on ne pouvait pas lui tenir rigueur de son manque d'éducation, sa mère avait fait ce qu'elle avait pu pour lui inculquer un minimum de savoir-vivre. Il se demandait même s'il se serait comporté différemment en ayant vécu son enfance en Marique.

Le troisième jour après sa promenade avec Clarissa, Jake était en train de prendre son petit déjeuner sur le balcon de son appartement (en effet, il évitait autant que possible les repas en famille car il supportait de moins en moins sa tante Gustine) lorsque Jérôme apparut.

— Monseigneur, votre cousine Marie demande à vous parler.

— Servez-lui une tasse de café et dites-lui d'attendre dans le salon, grommela Jake, un peu agacé.

Mais la jeune femme était déjà sur le seuil de la chambre.

— Je suis désolée de venir troubler votre petit déjeuner, mon cousin.

Il se leva pour aller à sa rencontre et s'efforça de la recevoir aimablement.

— Mais non, vous ne me dérangez pas du tout, chère cousine, entrez donc…

Le valet se précipita pour avancer un fauteuil, mais elle se percha sur le bras d'un canapé, comme si elle se tenait prête à s'enfuir à la moindre alerte. Jérôme disparut puis revint presque aussitôt avec un autre plateau de petit déjeuner. Il posa sur une table basse devant Marie une tasse de porcelaine sur sa soucoupe, et entreprit de la remplir avec le contenu d'une superbe cafetière en argent. Puis il lui proposa un plat garni de croissants.

— Non, merci, je n'en prends pas, dit-elle en minaudant.

Elle saisit la tasse et se mit à en siroter le contenu avec des gestes délicats.

— Il fait un temps superbe, n'est-ce pas ? dit-elle entre deux gorgées.

— Oui, j'ai beaucoup de chance depuis mon arrivée, il fait beau tous les jours, répondit calmement Jake en prenant un croissant.

Marie se contenta de hocher la tête en signe d'approbation.

— Mais je suppose que les hivers sont assez rudes à cette altitude, reprit-il pour meubler la conversation.

— Oui, il peut faire très froid, en effet.

Un long silence s'installa après ce court dialogue, durant lequel Marie observa attentivement son cousin. Celui-ci cherchait quant à lui quel sujet aborder mais n'en trouvait pas. Marie parlant habituellement très peu au cours des repas familiaux, il ne connaissait presque rien d'elle.

— Puis-je faire quelque chose pour vous ? finit-il par demander aimablement.

— Oh, non ! dit-elle comme si elle sortait d'un rêve.

Elle secoua la tête d'un air gêné.

— Je suis juste venue vous rendre visite. Mais... voilà, je ne sais pas comment entamer une conversation avec vous sans paraître trop curieuse...

Jake laissa échapper un léger rire.

— Mais... soyez curieuse ! Je ne me sens pas obligé de répondre à toutes vos questions !

Marie parut s'animer brusquement et lui sourit avec reconnaissance.

— Oh, alors, s'il vous plaît... parlez-moi de votre vie en Amérique ! J'ai toujours rêvé d'y aller !

— Alors, il faut y prendre des vacances.

— Je ne peux pas.

— Pourquoi ? Votre frère s'y est rendu, je crois. Il voyageait beaucoup, d'après ce qu'on m'a dit.

Marie secoua ses longues mèches brunes d'un air attristé.

— Oui, bien sûr, mais c'était un homme, il avait le droit de voyager seul. Moi, quand je me déplace, il me faut toute une escorte, et ce n'est pas de cette façon que j'ai envie d'aller en Amérique...

— Comment aimeriez-vous y aller ?

— Oh, comme n'importe qui ! Aller où bon me semble, faire des choses... normales ! Louer une voiture pour me balader, manger quand je veux et où je veux, même dans un fast-food !

Jake était de plus en plus surpris par le discours de sa cousine. Il n'imaginait pas qu'une jeune fille de noble origine dût se conformer à autant de règles contraignantes et il était ému soudain par sa fraîcheur. A sa demande, il se mit à lui parler de

Los Angeles. Elle buvait ses paroles et fit quelques commentaires assez savoureux qui l'amusèrent beaucoup.

Il s'était écoulé un certain temps quand Jérôme refit une apparition.

— Pardonnez-moi, Monseigneur, mais Son Altesse le prince Guilliam vous prie d'assister à une réunion.

— Très bien, dites-lui que j'arrive.

— Oh, je vous ai retenu trop longtemps, souffla Marie en se levant brusquement.

Jake se leva à son tour et lui sourit.

— Revenez demain si vous voulez. Je vous parlerai du sud de la Californie.

— Oh, ce serait merveilleux ! Mais... êtes-vous sûr que je ne vous dérangerai pas ?

— Non, pas du tout.

Jake prenait son petit déjeuner seul depuis de si longues années qu'il appréciait de le partager avec quelqu'un pour une fois. Sa jeune cousine était charmante et il trouvait sa conversation plutôt agréable. Elle était gentille et simple, et surtout, elle n'essayait pas de lui en imposer comme sa tante ou son grand-père par exemple. Sans doute souffrait-elle un peu de sa solitude dans ce milieu plutôt austère. Et puis... c'était la seule personne de la famille qui semblait avoir de la sympathie pour lui !

Alors qu'on l'escortait jusqu'à la salle de conférences, il songeait qu'il commençait à bien connaître le palais. Il n'aurait bientôt plus besoin de guide pour aller d'une aile à une autre et trouver son chemin. Pourtant, on tenait apparemment à le conduire en chaque lieu où il devait se rendre. Etait-ce par respect du protocole ou pour contrôler ses allées et venues ?

En entrant dans l'immense salle pleine de boiseries anciennes, il fut surpris de n'y trouver que Clarissa assise à côté du prince devant la longue table d'acajou. Elle lui sourit vaguement, d'un air un peu gêné.

— Entrez ! Entrez ! lui lança le prince sur un ton impatient.

Jake prit place à la table juste en face de la jeune femme.

Il ne l'avait pas rappelée et ne s'attendait pas à la revoir aussi vite. D'autre part, à la mine qu'ils faisaient tous les deux, il sentait qu'elle partageait avec le prince une sorte de complicité un peu inattendue. Qu'allaient-ils encore lui annoncer ?

— Bonjour, Votre Altesse, lui dit-elle avec cérémonie.

Sans doute ce ton inhabituel était-il dû à la présence du prince. Ce dernier reprit la parole aussitôt.

— J'ai demandé à Clarissa Duvernay de se joindre à nous ce matin pour évoquer un petit problème dont je voulais vous entretenir.

Jake réprima un soupir d'ennui et attendit la suite. Le prince hocha la tête.

— Voilà, j'ai remarqué que votre tante Gustine et vous-même aviez... euh... quelques difficultés à communiquer.

Jake eut beaucoup de mal à garder un masque neutre et à garder le silence. En réalité, il avait soudain envie de rire. Son grand-père aurait-il voulu que sa tante et lui s'entendent comme larrons en foire ? Le vieil homme vivait décidément dans ses illusions !

— Et je pense que c'est votre faute, ajouta le souverain en le fixant d'un air sévère.

— Bien entendu, répondit Jake avec un demi-sourire.

Le prince se tourna vers Clarissa.

— J'ai demandé à Clarissa Duvernay de vous aider à choisir des meubles pour vos futurs appartements. Philippe et elle avaient commencé à décorer la partie du palais où ils étaient censés s'installer après leur mariage. Elle a beaucoup de goût et je la considère comme un membre de notre famille.

Il fit un geste de la main comme pour rendre plus crédibles ses paroles.

— Vous allez emménager dans vos appartements privés. Je vous ai donné l'aile ouest du palais pour que vous jouissiez de cette indépendance à laquelle vous semblez tellement tenir.

— Autrement dit, le plus loin possible du reste de la famille ! acquiesça Jake en souriant.

— C'est la partie du palais qu'occupait Joseph, votre père, avant son départ pour l'Amérique, dit Guilliam assez bas tout en baissant les yeux.

Jake sursauta. Ainsi, le prince lui octroyait les mêmes appartements qu'à son père ? Il ne l'aurait pas cru aussi sentimental... Il se tourna vers Clarissa. Elle avait les yeux fixés sur lui et il crut y lire une lueur de colère. Contre qui ? Son grand-père peut-être ? A moins que ce ne soit contre lui ?

— Il n'est pas urgent que je déménage, je suis très bien où je me trouve, dit-il d'un air détaché.

Il ne se donna pas la peine de préciser une fois de plus à son grand-père qu'il ne comptait pas du tout s'installer au palais et que choisir des meubles pour une visite de deux semaines lui semblait ridicule. Par nature, il détestait le gaspillage, que ce soit de temps, d'argent ou d'énergie. Le prince le considéra d'un air choqué.

— L'endroit où vous êtes installé pour le moment est normalement destiné aux invités. Donc, aussi longtemps que vous l'occupez, vous êtes considéré comme un visiteur.

— C'est justement ce que je suis.

Brusquement, la voix du souverain s'éleva d'un ton.

— Certainement pas ! Vous êtes ici chez vous. Et vous aurez besoin de vous sentir bien installé car vous aurez beaucoup à faire dans les mois qui viennent.

Le prince se tourna vers Clarissa.

— Je compte sur Mlle Duvernay pour vous aider.

Puis il se leva et se dirigea vers la porte sans autre commentaire, précédé de ses deux valets. Jake se leva à son tour et jeta un œil courroucé à Clarissa. Ainsi, il avait interrompu sa conversation avec sa cousine pour entendre ces inepties ?

— Je vais m'en aller aujourd'hui même ! lança-t-il, incapable de retenir plus longtemps sa colère.

— Non, Jake ! Attendez !

Clarissa bondit de sa chaise et le rejoignit au bout de la table. Il la regarda d'un air irrité.

— Vous savez bien que je ne resterai pas ici ! Je vous l'ai répété cent fois ! D'ici à quelques jours, je serai parti, il faudra bien que vous l'admettiez et le prince aussi. Je ne vois pas pourquoi j'irais choisir des meubles !

— Voulez-vous m'obliger à désobéir au prince ?

— Je me charge de vous disculper à ses yeux. Il saura que c'est moi qui ai refusé.

— Ne voulez-vous pas au moins voir les appartements qu'il vous destine ?

— Vous savez donc où ils sont ?

— Oui, et je peux vous les faire visiter.

Jake hésita un instant. C'était le lieu où vivait son père dont il était question. Comment aurait-il pu refuser d'y faire un pèlerinage ?

— Alors, allons-y.

Elle le conduisit jusqu'au grand hall du rez-de-chaussée, puis se dirigea au long des couloirs jusqu'à une aile plus éloignée, où ils empruntèrent un autre escalier monumental. Enfin, ils arrivèrent devant une immense porte de bois sculpté qu'elle ouvrit sans cérémonie.

Ils entrèrent d'abord dans une antichambre assez grande, qui donnait entre autres sur une immense pièce vide au parquet magnifique et au plafond très haut, presque entièrement plongée dans l'obscurité. En effet, des tentures noires un peu poussiéreuses masquaient les fenêtres, et il régnait là un silence impressionnant.

Jake resta sur le seuil, contenant avec difficulté son émotion. Ce lieu était à la fois très beau et incroyablement triste. Tout y semblait à l'abandon.

— C'est l'un des plus beaux appartements du palais, murmura Clarissa.

Elle traversa la pièce pour ouvrir une porte sur la gauche. Jake hésita un instant avant de la suivre. Il tentait d'imaginer quel genre de vie avait pu avoir son père en ce lieu étrange. Y avait-il reçu ses amis ? ses maîtresses… ? Mais en avait-il, d'ailleurs ? Les relations amicales et amoureuses d'un futur prince n'étaient-elles pas aussi régies par le protocole ?

Il suivit Clarissa dans la seconde pièce, également à l'abandon. Il s'avança vers les rideaux de velours pour les ouvrir, soulevant un nuage de poussière. La vue donnait sur les jardins et il essaya de repérer où il se trouvait par rapport au reste du palais.

— La cuisine se trouve juste à côté. Elle possède une porte de service.

Il lui lança un regard ironique.

— Vous parlez comme un agent immobilier ! On dirait que vous voulez me vendre à tout prix un appartement dont je ne veux pas !

— Voulez-vous voir la cuisine ? répondit Clarissa en faisant mine d'ignorer ses moqueries.

— Oh… je crois que je préfère visiter les chambres.

— Très bien. Il y en a trois.

Elle fit demi-tour et il la suivit jusqu'à l'antichambre, où elle ouvrit une porte qu'il n'avait pas remarquée en arrivant. Elle donnait sur un large couloir où il aperçut d'autres portes, que Clarissa lui désigna.

— Voilà, c'est ici.

Il enfonça les mains dans ses poches de veste et se mit à marcher lentement, le cœur un peu serré. Ainsi, c'était là que son père avait vécu une partie de sa jeunesse ! Depuis son plus jeune âge, il s'était toujours interrogé sur lui, sur sa vie, et il avait posé de nombreuses questions à sa mère. Elle l'adorait et n'en disait que du bien, et pourtant, à travers les histoires qu'elle lui avait racontées, il s'était fait de lui l'image d'un homme plutôt égoïste.

En effet, Joseph avait bien été un garçon gâté par la vie, qui obtenait tout ce qu'il pouvait désirer et ne songeait qu'à lui-même. Il avait aimé sincèrement sa mère, c'était certain, mais s'il avait été plus responsable, il se serait également préoccupé de l'avenir de sa femme et de son fils au cas où il disparaîtrait. D'autant plus qu'il passait son temps à risquer sa vie dans des sports dangereux.

— Voici la chambre où dormait votre père, dit Clarissa alors qu'ils arrivaient à la dernière pièce.

Jake s'arrêta sur le seuil, incapable d'aller plus loin.

— Il a quitté le pays à l'âge de vingt-deux ans et n'est jamais revenu. Votre tante Gustine m'a dit que sa mère ne pouvait plus entrer dans cet appartement après son départ, et le prince l'a fermé définitivement après sa mort.

Jake regardait l'intérieur de la chambre sans un mot. Elle était vide, bien sûr, et il ne pouvait y voir aucune trace de son père. Brusquement, il fit demi-tour pour rejoindre l'antichambre. Il en avait assez vu comme ça. Il sortit et attendit Clarissa sur le perron.

— Puis-je vous charger d'une mission, Clarissa ? dit-il alors qu'elle s'approchait d'un air un peu surpris.

— Je vous écoute.

— J'aimerais que vous fassiez une enquête sur ce qui appartenait à mon père et qui a disparu de cet appartement. Demandez à Gustine ou au prince, je ne sais pas. Je voudrais savoir s'ils ont détruit symboliquement tous ses effets personnels.

— Très bien, mais…

— C'est tout. J'attendrai vos informations à ce sujet avant de repartir.

Il la salua et se dirigea vers l'aile du palais qu'il occupait depuis son arrivée, en tâchant d'oublier la pénible impression qu'il venait de ressentir.

Peu après, le prince le fit avertir qu'il était convié à une autre réunion avec plusieurs ministres. Il aurait préféré poursuivre sa visite de la région et en apprendre un peu plus sur l'histoire du pays, mais il n'osa pas refuser l'invitation du souverain. Après tout, le gouvernement d'un Etat était proche de la direction d'une entreprise et cet aspect-là l'intéressait.

Pourtant, il eut beaucoup de mal à se concentrer sur les propos des ministres, car son esprit vagabondait malgré lui vers le passé. Mais aussi du côté d'une certaine jeune femme à la chevelure flamboyante… Le fait que le prince l'ait chargée de le guider partout n'était pas innocent. Il pensait certainement avoir trouvé là un bon moyen de le retenir.

— Des questions, Votre Altesse ?

Il eut subitement l'impression de se réveiller et toussota pour se donner une contenance.

— Votre intervention était très intéressante et je vous en remercie.

Le ministre qui venait de s'adresser à lui parut très flatté de son commentaire et échangea avec ses collègues un regard satisfait. Jake se demanda s'il était réellement dupe, et il décida de faire un effort pour mieux écouter les autres.

Après la réunion, il reprit le chemin de ses appartements, mais il se sentait toujours aussi nerveux. Il savait bien ce qu'il lui aurait fallu pour se détendre : trouver une moto et partir faire une grande balade sur les routes alentour. Il aurait adoré gravir les pentes des montagnes et explorer ainsi tous les superbes sites du pays…

Alors qu'il rentrait chez lui, plongé dans ses pensées, il sursauta tout à coup. Clarissa était là, installée sur le canapé !

— Alors, finies les corvées pour aujourd'hui ? demanda-t-elle d'un air malicieux.

— Oui, et j'espère n'avoir plus que du bon temps jusqu'à demain ! Mais, que faites-vous ici ?

— J'ai les renseignements que vous m'avez demandés.

— Déjà ?

— Oui, j'ai parlé avec Gustine.

Elle désigna du regard un gros album de photos posé sur la table basse.

— Elle m'a donné beaucoup d'informations sur votre père et m'a confié cet album de famille.

Jake resta un moment interdit devant l'objet en question et son cœur se mit à battre très fort. Allait-il seulement oser ouvrir ce document qui recelait le passé de sa famille ?

7.

Clarissa l'observait à la dérobée. Elle se demandait si elle ne devait pas d'abord le laisser regarder seul les photos avant de lui communiquer les informations recueillies auprès de Gustine.

Chaque fois que ses yeux se posaient sur lui, elle ne pouvait s'empêcher d'admirer sa beauté et son élégance naturelle. Depuis qu'il était en Marique, il portait le plus souvent un costume clair qui lui allait à merveille. Comment son grand-père n'avait-il pas encore deviné qu'il avait devant lui un magnat de l'immobilier et non un simple ouvrier ? Elle se sentait un peu coupable vis-à-vis du prince de ne pas lui avoir révélé ce secret.

— Avez-vous pris le temps de déjeuner ? lui demanda-t-il soudain avec un gentil sourire.

Ses yeux noirs se faisaient caressants et elle dut détourner les siens tout en secouant la tête en guise de réponse. Elle avait toujours l'impression qu'il pouvait lire dans ses pensées. Comment avait-il appris à rendre les autres aussi vulnérables quand il les regardait ?

Ce qui la tourmentait aussi, c'étaient ses projets de vengeance à l'égard de son grand-père. Il ne cherchait pas à créer la moindre relation affective avec lui. En revanche, il avait paru s'intéresser sincèrement aux habitants de la principauté, la veille, sur le marché. Décidément, il était étrange.

Pourquoi acceptait-il d'assister aux réunions auxquelles le conviait le prince avec ses ministres puisqu'il prétendait vouloir repartir d'ici deux semaines ? Et l'intérêt passionné qu'il semblait éprouver pour la vie de son père était aussi un point qui l'intriguait fort…

Il lui tendit la main.

— Moi non plus, je n'ai pas encore déjeuné. Venez, je vous invite.

— Volontiers. Où allons-nous?

— Je ne sais pas encore. Il faut d'abord que je me renseigne pour savoir comment louer une moto.

Il s'approcha de la sonnette pour appeler son valet. Clarissa ouvrait de grands yeux. Ainsi, il comptait l'emmener en promenade sur un bolide, comme il l'avait fait en Californie ?

— Savez-vous s'il y a eu des chevaliers dans ma famille ? demanda-t-il en riant.

Clarissa imagina un instant le roi Arthur et ses acolytes chevauchant des engins vrombissants.

— Je ne crois pas, dit-elle en pouffant à son tour.

Jérôme apparut sur le seuil.

— Monseigneur désire ?

— Mon Dieu ! Vous voici déjà ! Est-ce que vous campez dans l'antichambre au cas où je vous sonnerais ? Voilà, je voudrais poursuivre ma visite de la principauté et Mlle Duvernay veut bien consentir à m'accompagner.

— Je vais faire appeler une limousine, Monseigneur.

— Non, je ne veux pas de chauffeur. J'aimerais un véhicule maniable et qui tienne bien la route pour pouvoir explorer les paysages de montagne.

— Alors, nous avons au garage plusieurs voitures de sport que vous pouvez conduire, si vous le désirez. Par exemple un coupé décapotable

— Auriez-vous une moto ?

Jérôme hocha la tête avec déférence, sans laisser paraître la moindre surprise.

— Non, Votre Altesse, je suis désolé.

— Bon, alors, nous prendrons le coupé. Pouvez-vous nous le faire préparer ?

— Il sera devant votre porte dans une dizaine de minutes.

Jake se tourna vers Clarissa.

— Aujourd'hui, vous allez me faire visiter le village dont les habitants fabriquent des savons de luxe! Et pendant que je conduirai, vous me raconterez ce que vous a dit ma tante Gustine.

Ils se retrouvèrent bientôt sur les routes, dans la petite voiture décapotable qui filait tranquillement sous le soleil. En s'y installant, Clarissa avait éprouvé une vague appréhension, car Philippe l'utilisait souvent autrefois. Mais dès qu'elle fut assise à côté de Jake, toute son anxiété s'évanouit et le souvenir de son ex-fiancé s'évapora soudain comme par miracle.

Philippe n'était plus là, alors que Jake, lui, était bien présent. Par son incroyable énergie et sa joie communicative, il était la vie même. A cet instant précis, elle se sentait plus que jamais sous l'emprise de son charme.

En réalité, elle ne souhaitait pas du tout tomber amoureuse, d'autant plus que Jake ne cessait d'affirmer qu'il voulait repartir aux Etats-Unis. Et puis ils n'avaient rien en commun ! Leur enfance, leur éducation, avaient été si différentes qu'il était bel et bien un étranger pour elle. Et pourtant, il lui paraissait si proche...

Mais il n'aimait pas le prince Guilliam et il ne s'habituerait sans doute jamais à la vie qu'on lui proposait en Marique... Si elle devait un jour se marier, ce serait avec un garçon de son milieu, bien rompu aux us et coutumes de la principauté. Quelqu'un avec qui la vie quotidienne serait simple et non un homme aussi imprévisible que Jake.

Hélas, elle avait beau se raisonner, son cœur n'écoutait pas ces grands principes de sagesse. La meilleure solution pour elle aurait sans doute été de le fuir au lieu de passer son temps en sa compagnie. Oui, car même dans les moments où elle se trouvait seule, elle ne pouvait s'empêcher de penser à lui. Le souvenir le plus lancinant était celui du labyrinthe. Il l'avait embrassée avec tant d'ardeur qu'elle frémissait encore en y songeant !

Mais sa mission était seulement de le convaincre de rester en Marique, pas de jouer avec ses propres sentiments... Seulement voilà, en sa présence, elle perdait son sang-froid.

Le fait de se renseigner sur sa famille comme il le lui avait demandé l'avait encore rapprochée de lui. Jake aurait pu poser lui-même toutes ses questions à sa tante Gustine ou à son grand-père. Pourquoi avait-il tenu à passer par elle pour obtenir ces informations ?

Comme s'il devinait ses pensées, il se tourna un instant vers elle.

— Le prince m'a convié à une grande réception samedi prochain. Je suppose que vous serez là pour m'accompagner, n'est-ce pas?

— Je ne suis pas certaine que ce soit une bonne idée, car ma présence pourrait susciter des rumeurs.

— Ah bon ? Lesquelles ?

— Le peuple guette toujours ce genre d'événements pour imaginer qui sera la future princesse, par exemple.

— Je me moque de ce qu'imaginera le peuple ! N'ai-je pas le droit d'inviter qui bon me semble ?

— Si, sans doute.

— Bon, alors, récapitulons : combien de femmes est-ce que je connais ici... Ma tante Gustine, ma cousine Marie... et vous ! Quel dilemme ! Je dois avouer que vous êtes ma favorite.

Il émit un léger rire, puis décida de changer de sujet. Il avait hâte de savoir ce que sa tante avait raconté à Clarissa concernant son père. Elle commença donc à parler, en mêlant aux propos de Gustine les détails qu'elle-même avait appris de Philippe autrefois. Jake l'écoutait presque religieusement et semblait parfois très ému à l'évocation de certains épisodes de l'enfance de Joseph.

Lorsqu'ils arrivèrent à Ambere, il était déjà 14 heures et Clarissa terminait à peine son récit. Elle suggéra d'aller déjeuner dans un charmant restaurant qu'elle connaissait à la sortie de la ville. Il était situé au bord d'une falaise et sa terrasse offrait une vue magnifique. Comme ils arrivaient un peu tard, il n'y avait presque plus personne autour des tables.

Le maître d'hôtel, puis le directeur se précipitèrent pour les accueillir et leur assurer à quel point ils étaient honorés de leur visite. Comme Clarissa traduisait cette déclaration en anglais à Jake, il fronça les sourcils.

—Vous les aviez avertis, n'est-ce pas ?

Elle attendit qu'ils fussent installés à leur table pour lui répondre.

— Non, mais votre photo a fait la une de tous les journaux depuis trois jours, avec toute l'histoire de votre vie, vous savez.

— Ma photo ? Laquelle ?

— Je ne sais pas où les journalistes l'ont trouvée, mais vous êtes très bien.

« Et plus sexy que jamais… », songea-t-elle en soupirant discrètement. A sa grande stupeur, il ne parut pas furieux à cette nouvelle.

— Vous commencez à vous habituer…, dit-elle prudemment.

— N'allez pas vous faire des idées ! J'ai toujours l'intention de repartir en Amérique. Mais ça m'amuse de laisser mon grand-père croire qu'il a gagné.

— Jake, ne jouez pas à cela. Je comprends que vous ayez envie de vous venger, mais… le prince ne sera pas le seul à être terriblement déçu ! Et nous ne méritons pas une telle punition…

— Nous ?

— Je veux dire le peuple, tout le monde... Les gens vous aiment déjà. Et votre grand-père est votre seule famille. Vous devriez apprendre à mieux le connaître.

— Est-ce l'émissaire du prince qui parle ainsi, ou la jeune femme sensible ?

Elle n'avait pu contenir son émotion et il l'avait parfaitement senti. Mais le serveur arrivait et ils durent interrompre leur conversation. Quand ils eurent choisi leurs menus, Clarissa sortit de son sac l'album de photos et le lui tendit. Jake le prit et l'ouvrit lentement.

— Voici votre père enfant, dit-elle en pointant le doigt sur la première page. Vous lui ressemblez beaucoup.

— Ma mère avait quelques photos de lui prises en Amérique. Elle en avait toujours une sur elle. Elle l'adorait et n'a jamais voulu se remarier. Je sais que le prince et Gustine la jugeaient mal. Ils avaient tort.

— Voici votre oncle Michael, dit-elle en désignant une autre photo.

— Les deux frères ne se ressemblaient pas, apparemment.

— Je n'ai pas connu votre père, mais je voyais souvent Michael. Il était... plus calme que Joseph.

— Moins rebelle surtout, il accomplissait son devoir de bon fils et de futur prince !

— Mais Philippe, son fils, ressemblait plutôt à votre père, le scandale ne lui faisait pas peur. Et vous ?

— Je suis quelqu'un de plutôt raisonnable.

La lueur malicieuse qui dansait au fond de ses yeux démentait ses paroles. Pourtant, Clarissa sentait chez lui une force paisible que ne possédait pas Philippe.

Il tournait les pages calmement, curieux malgré tout de scruter ces visages qu'il ne connaissait pas. Il s'intéressait tout particulièrement aux portraits de son père et de son oncle lorsqu'ils étaient jeunes. Elle se rappela brusquement leur conversation de la plage, à Los Angeles. Il avait dit qu'il ne tenait pas à se marier ni à avoir des enfants. Changerait-il d'avis un jour ?

On leur servit rapidement les succulents carrés d'agneau qu'ils avaient commandés. Tout en dégustant cette cuisine en fin gourmet, Jake continua à poser de nombreuses questions sur sa famille. Mais au bout d'un certain temps, il regarda Clarissa au fond des yeux en lui souriant d'un air curieux.

— Parlez-moi un peu de vos proches, vous n'en dites jamais rien.

— Je ne pensais pas que le sujet puisse vous intéresser. Que voulez-vous savoir ? J'ai deux sœurs, qui sont mariées. J'ai trois nièces et un neveu.

— Racontez-m'en un peu plus !

Clarissa se mit à faire le récit de son enfance, un peu surprise par le regard attentif de Jake qui semblait passionné par ses histoires. En réalité, il avait l'impression d'en apprendre enfin un peu plus sur cette jeune femme si mystérieuse. La tendresse qu'il pouvait lire dans ses yeux lorsqu'elle parlait de ses parents lui révélait une sensibilité qu'il soupçonnait depuis le premier jour sous sa réserve naturelle.

Puis elle se mit à lui parler d'un autre sujet qui lui tenait à cœur, celui de l'artisanat qui faisait vivre cette région de montagne, c'est-à-dire la fabrication du savon. En effet, c'étaient principalement les femmes qui se livraient à cette activité au sein de leur foyer, et Clarissa avait contribué à encourager leur travail en suggérant au prince des mesures fiscales favorables.

Lorsqu'ils visitèrent après le repas quelques-unes des demeures où se pratiquait l'artisanat en question, Jake eut l'occasion de comprendre encore mieux les préoccupations de Clarissa. Il l'observait avec attendrissement quand elle s'adressait aux femmes, et ne pouvait s'empêcher de noter la grâce mélodieuse de sa voix et la fraîcheur de son rire. Une sensualité profonde émanait de toute sa personne bien qu'elle ne fît apparemment rien pour séduire.

Tout en marchant, leurs bras vinrent à se frôler et il en éprouva un trouble étrange. Si seulement il pouvait poser la main sur sa peau satinée... Mais le simple geste de la prendre par le bras aurait peut-être choqué les gens autour. Elle aussi d'ailleurs. Pour un peu, il aurait été jusqu'à s'avouer le regret qu'il aurait à la quitter bientôt...

Non, il s'était juré de faire payer à son grand-père son abandon et il irait jusqu'au bout de sa vengeance ! Mais hélas, il se punirait lui-même en renonçant à la présence de Clarissa...

De retour à la voiture, il lui exprima le plaisir qu'il avait eu à visiter Ambère, le « village du savon ».

— Il doit être possible de donner de l'expansion à cet artisanat et même d'en faire une industrie, dit-il en imaginant comment il pourrait développer une telle production.

— Il est vrai que nous pourrions envisager de mécaniser la fabrication et de la regrouper dans une usine, mais je crois que ce serait au détriment de la qualité. Et le plaisir de travailler ne serait plus le même pour toutes ces femmes.

— Vous avez raison, le fait d'être fabriqués à la main est ce qui fait l'originalité de ces produits. Mais ce qu'il faudrait, c'est tenter d'en vendre plus en développant le marketing.

— Nous diffusons nos produits dans des boutiques d'artisanat de luxe dans toute l'Europe.

— J'ai un ou deux amis qui pourraient en importer aux Etats-Unis.

Clarissa ne répondit pas mais il la vit cligner des paupières comme chaque fois qu'elle n'était pas d'accord mais n'osait pas l'avouer. Il adorait son expression alors, et il se sentit désarmé. Mais elle reprit très vite sa contenance de jeune femme sérieuse et avant tout professionnelle.

— Je vous mettrai en relation avec ces amis, si vous le désirez, ajouta-t-il pour voir sa réaction.

— Mais pourquoi vous impliquer ainsi dans notre économie alors que vous voulez quitter la principauté et rentrer en Amérique ?

— Ma rancune contre mon grand-père est une chose, ma sympathie pour les gens de ce pays en est une autre. D'ailleurs, j'aimerais pouvoir les aider dans d'autres domaines également. Peut-être mon cousin n'en aurait-il pas fait autant ?

Clarissa sursauta légèrement et ne répondit pas tout de suite.

— Philippe trouvait un peu ridicule cet artisanat familial. Et pourtant, il utilisait lui-même ces savons naturels.

— Donc, il n'approuvait pas votre action pour soutenir le travail de ces femmes ?

— Il se moquait de moi, en effet.

— Dites-m'en un peu plus sur ce cousin modèle…

— Il apportait tout de même sa contribution à l'image de notre pays dans le monde, puisqu'il ne cessait de voyager et d'en être en quelque sorte l'ambassadeur. Et je pense qu'il aurait fait beaucoup plus le jour où il aurait été couronné à son tour.

— On ne le saura jamais puisqu'il n'est plus là.

— Hélas, il y a eu ce fatal accident…

— En réalité, vous vous rencontriez très peu, vous et lui ? Etiez-vous vraiment amoureuse ?

Clarissa se mordit les lèvres. Visiblement, la question lui paraissait déplacée. Comme elle ne répondait pas, Jake mit le moteur en marche pour faire diversion et emprunta la route des cols. Après avoir gravi la pente au gré d'épingles à cheveux impressionnantes, ils arrivèrent au cœur d'un magnifique paysage.

Soudain, Clarissa se tourna vers lui d'un air étrange, qui lui parut brusquement un peu courroucé.

— Philippe était un garçon très amusant, et je me sentais bien avec lui. Il était brillant et le fait qu'il s'intéresse à moi me rendait fière. S'il n'a pas fait grand-chose pour son pays, comme vous le laissez entendre, c'est peut-être parce qu'il avait été très gâté durant sa jeunesse et qu'il n'avait pas encore pris le temps de s'interroger sur sa mission. Mais ce n'était pas sa faute, et je suis sûre qu'il aurait changé en mûrissant.

— Je n'ai pas voulu le critiquer.

— C'est pourtant ce que vous avez fait.

— Je ne crois pas. Mais… vous dites qu'il était brillant… En quoi l'était-il ?

— Il avait du panache dans sa manière d'être. Il m'emmenait toujours dans des lieux extraordinaires, que ce soit pour dîner, pour danser ou pour faire une simple balade. Cette voiture était à lui, vous savez.

Les mains de Jake se crispèrent sur le volant.

— Si vous m'aviez averti, je ne l'aurais pas empruntée.

— Cela n'a aucune importance, elle ne me rappelle que de bons souvenirs. Pourtant, il roulait un peu trop vite, il adorait la vitesse.

— Il était très jeune, il se serait sans doute calmé avec le temps.

Elle le regarda d'un air incrédule.

— Votre père n'a pas changé sur ce point en vieillissant, d'après ce que vous m'avez raconté.

— Je ne sais pas… Ma mère m'a dit que sa jeunesse dorée l'avait rendu assez présomptueux, en effet. Il se croyait invincible. Ce n'est pas un hasard si les deux frères ont disparu de la même façon, ou presque, à cause des risques inconsidérés qu'ils ont pris.

— S'il avait vécu, peut-être serait-il rentré en Marique aujourd'hui pour obéir à la volonté de son père…

— J'en doute. Il était aussi têtu que le reste de la famille.

Ils poursuivirent leur conversation en se promenant sur le chemin qui surplombait la vallée. Puis, comme le temps se couvrait un peu, ils regagnèrent la voiture et reprirent le chemin de la ville. Jake se souvenait très bien de la route à prendre pour retrouver le quartier de Clarissa et la déposa bientôt juste devant sa maison. Avant de descendre de voiture, elle se tourna vers lui d'un air hésitant.

— Voulez-vous monter boire un verre ?

— Pas aujourd'hui, il me reste trop peu de temps, mais je retiens l'invitation pour un autre jour.

Il mourait d'envie de voir l'endroit où elle vivait, et de se retrouver seul avec elle dans un autre cadre que son appartement du palais, avec la présence constante de Jérôme derrière la porte. Mais ce serait pour plus tard… Il s'interrogeait encore à son sujet. En fait, il ne savait que penser d'elle. Devait-il s'en faire une amie ou bien céder à la tentation de la séduire ? Et pouvait-il vraiment lui faire confiance ? N'était-elle pas l'espionne de son grand-père ? Au milieu de toutes ces questions, il n'avait qu'une certitude : il avait une envie folle de l'embrasser !

Il ne voulait pas non plus qu'elle s'attache à lui puisqu'il allait bientôt repartir. Mais heureusement, elle lui avait clairement précisé qu'elle ne tenait pas à s'engager avec un homme. Sur ce point, ils étaient d'accord. Pourtant, il aurait bien aimé lui prouver qu'un Américain était aussi capable de la séduire qu'un prince de Marique !

Il songea soudain qu'il était lui aussi un prince de Marique ! Il avait tendance à l'oublier ! Pourquoi alors cherchait-il à lui démontrer qu'il aurait pu lui apporter autant de bonheur que son cousin ? Il se demanda tout à coup s'il n'était pas amoureux d'elle, tout simplement…

— Je vous appellerai demain, dit-il en la raccompagnant jusqu'à sa porte.

— Comme vous voulez.

— Je le veux, en effet !

Elle parut amusée de sa réponse.

— J'ai laissé l'album dans la voiture, vous pouvez le garder pour le moment. Gustine vous le prête.

— Ah, c'est vrai qu'elle fait partie du complot, elle aussi ! Elle espère me conquérir par les souvenirs de famille !

— Elle veut seulement vous donner un aperçu de ce que vous n'avez pas pu connaître.

— C'est bien ce que je dis.

Il y avait un soupçon d'amertume dans la voix de Jake. Clarissa se mordit les lèvres et lui sourit d'un air un peu gêné.

— Pardon de vous rappeler la triste réalité...

— Ne craignez rien... Vous pouvez me parler de tout ce que bon vous semble.

Elle lui tendit la main avec chaleur.

— S'il vous plaît, Jake, essayez de songer à la décoration de l'appartement. Même si vous repartez la semaine prochaine, vous pourrez être amené à revenir de temps à autre.

Il hocha la tête.

— A quoi me servirait de revenir ? Décidément, vous êtes obstinée, vous essayez encore de me convaincre !

— Vous m'en voulez, n'est-ce pas ?

— Non, je ferais sans doute la même chose à votre place.

Sur un dernier sourire, il fit demi-tour mais se retourna aussitôt.

— Merci pour la promenade touristique !

— Je vous en prie, répondit-elle en riant.

— Je vais appeler mes amis Jason et Harvey pour leur suggérer de mettre en place l'importation des savons artisanaux. Je leur donnerai vos coordonnées et vous discuterez avec eux.

— D'accord, c'est bien.

Il se pencha pour effleurer ses lèvres avant de courir vers la voiture et de démarrer sur un petit signe de la main. Clarissa resta comme pétrifiée et le suivit des yeux jusqu'à ce qu'il disparaisse au coin de la rue. De quel droit se permettait-il de l'embrasser de cette manière ? Et pourquoi l'avait-elle laissé faire sans protester ? Bien sûr, ce n'était qu'un léger baiser posé furtivement sur ses lèvres. Mais aurait-elle eu la force de protester s'il avait cherché à l'embrasser comme l'autre nuit dans le labyrinthe ?

A peine une heure plus tard, son téléphone retentit et elle se précipita pour répondre, certaine que ce serait Jake.

— Faites votre valise ! Nous partons pour Paris demain matin ! Je passerai vous prendre à 10 heures.

Elle resta muette durant quelques secondes.

— Paris ? Mais…

— Nous allons choisir des meubles pour l'appartement.

— Oh… vraiment ?

Elle était stupéfaite. Avait-il changé d'avis ? Envisageait-il de revenir ? Son cœur bondit de joie tout à coup.

— Marie vient avec nous.

— Ah bon ?

Elle n'avait pu masquer sa déception.

— C'est une idée de tante Gustine et j'ai pensé qu'il fallait lui faire plaisir. Ma cousine n'a pas tellement l'occasion de sortir de la principauté, la pauvre. Elle a très envie de voyager, elle rêve d'aller en Amérique, mais sa mère a peur qu'elle n'en revienne pas !

Clarissa restait bouche bée.

— Vous m'entendez, Clarissa ? Prenez aussi des robes pour le soir, nous irons dîner et danser dans des endroits à la mode !

Il avait déjà raccroché. Elle reposa le récepteur en riant à moitié. Jake voulait lui prouver qu'il pouvait la séduire à la manière de son cousin Philippe ! Mais il n'avait pas besoin de cela pour la rendre folle de lui, hélas. Il était supérieur à Philippe dans tous les domaines. Et la perspective de ce petit séjour à Paris avec lui, même s'ils n'étaient pas seuls, la faisait trépigner d'impatience !

8.

Le lendemain matin, de bonne heure, un chauffeur vint sonner à la porte de Clarissa. Il prit ses bagages et elle le suivit jusqu'à la voiture. Jake se précipita à sa rencontre tandis que, de l'intérieur, sa jeune cousine lui faisait signe d'un air tout excité.

— Bonjour, Clarissa ! C'est magnifique, non ? Nous allons descendre à l'hôtel George V ! Et je pourrai faire tout ce que je voudrai, sans chaperon pour une fois !

— Alors, nous voilà en route pour une expédition « shopping » si j'ai bien compris ! dit-elle en prenant place à son tour sur la confortable banquette arrière.

— Non, ça, c'est le prétexte ! pouffa la jeune fille.

— Marie semble avoir un programme chargé, mais cela ne nous regarde pas ! lança Jake en riant.

— Vous en avez un aussi, tous les deux ! remarqua Marie en riant de plus belle.

Clarissa ouvrit de grands yeux.

— Ah bon ? Puis-je savoir lequel ?

— Vous le saurez en temps utile, murmura Jake d'un air mystérieux.

Ils arrivèrent bientôt à l'aéroport où l'avion du prince les attendait et ils furent en moins d'une heure à Paris. A Orly, une autre limousine était affrétée pour eux. A peine la voiture eut-elle stoppé devant l'hôtel George V que Marie leur confia ses bagages avant de s'éclipser.

— Merci beaucoup, mon cher cousin ! Je vous retrouve ici demain à 16 heures !

— D'accord, mais soyez sage ! lui répondit Jake avec un sourire bienveillant.

Ils emboîtèrent le pas au groom qui portait leurs valises. Clarissa paraissait de plus en plus étonnée.

— Où va-t-elle donc ?

— Où elle veut ! Elle est majeure, n'est-ce pas ? Quant à nous, ne perdons pas un instant ! Vous allez me faire visiter la rive gauche !

— Mais vous êtes déjà venu à Paris…

— Oui, mais c'étaient des voyages d'affaires et je n'ai eu l'occasion de connaître que « Paris by night », que j'adore d'ailleurs !

Clarissa se demandait avec qui il avait bien pu partager ses sorties nocturnes. Comme ils montaient dans un vaste ascenseur tapissé de miroirs, elle se rapprocha de lui.

— Et Marie ?

— C'est un test. Si elle se conduit bien à Paris, je pourrai l'emmener en Amérique !

— Que voulez-vous dire ?

— C'est un marché entre elle et moi. Elle rêve de visiter le Nouveau Monde sans sa mère !

Le groom venait de s'arrêter devant une première chambre dont il ouvrit la porte. Il s'effaça pour laisser entrer Clarissa. Celle de Marie se trouvait juste à côté, quant à celle de Jake, elle se situait au bout du même couloir.

— Pensez-vous pouvoir être prête dans une demi-heure ? dit-il à Clarissa avant de la quitter.

— Oui, bien sûr, mais…

— Mais ?

— Dites-moi pourquoi nous sommes venus ici en réalité.

Jake eut un vague sourire.

— Disons… pour vous prouver que Philippe n'était pas le seul homme capable de vous amuser et de vous emmener dans des endroits exceptionnels. Vous allez pouvoir donner libre cours à tous vos désirs, Clarissa. Boire autant de champagne que vous le voudrez et danser toute la nuit !

Elle réalisa brusquement qu'elle se trouvait elle aussi sans chaperon, tout comme la petite Marie ! Soudain, un soupçon lui vint.

— Que complotez-vous au juste, Jake ?

— Rien de particulier, je vous le jure, si ce n'est de me repaître du plaisir de votre compagnie !

Sur ces mots, il tourna les talons et se hâta vers sa chambre. Elle le suivit des yeux, le cœur battant, jusqu'à ce qu'il y disparaisse. Elle ne parvenait toujours pas à s'habituer à sa beauté, ni à son charme qui la surprenait encore comme au premier jour. Comment lui résister ? Elle laissa échapper un profond soupir et se résolut à visiter la suite qu'il avait réservée pour elle.

Les deux grandes pièces et la vaste salle de bains étaient luxueusement aménagées, mais le plus extraordinaire était la vue des hautes fenêtres sur les quais de Paris. Et d'un seul coup, toutes ses craintes s'évanouirent. Elle renonçait à se poser autant de questions et voulait profiter des deux jours enchanteurs que lui proposait son prince charmant ! C'était une superbe journée de printemps, le ciel était d'un bleu profond et l'air était chargé du parfum des fleurs qui se trouvaient en massifs multicolores sous ses fenêtres !

Quand Jake vint la chercher un peu plus tard, elle se trouvait dans le même état d'excitation que la petite Marie. Et le regard admiratif de Jake ne fit qu'ajouter encore à son trouble.

Ils partirent aussitôt en balade à travers les rues de la capitale. D'un taxi à l'autre, ils allèrent prendre un café crème à la terrasse d'un bistrot de Montmartre, puis visiter Notre-Dame, avant d'aller flâner sur la rive gauche comme le souhaitait Jake. Paris ne lui avait jamais semblé aussi magique.

Ils étaient plus complices que jamais. Jake lui prenait la main dans la foule, ils riaient ensemble de tout et de rien. Alors qu'elle évoquait au cours de la conversation la principauté, il lui mit le doigt sur les lèvres.

— Chut ! Oublions tout cela ! Aujourd'hui, il n'y a que Jake et Clarissa au monde !

Vers la fin de l'après-midi, ils regagnèrent lentement leur hôtel le long de la Seine en admirant encore l'incroyable harmonie du célèbre décor romantique. La journée avait été si parfaite que Clarissa appréhendait presque le dîner. Se retrouver en tête à tête avec lui sans le prétexte d'échanger des impressions sur ce qui les entourait l'effrayait brusquement. De quoi allaient-ils parler ? Et pourrait-elle résister à son charme ?

Ils se séparèrent un moment pour se changer. Quand il passa la prendre, elle eut le souffle coupé en le voyant. Sa beauté et son élégance étaient plus éclatantes que jamais, mais ce fut elle qui eut droit à un compliment.

— Vous êtes superbe, Clarissa…

— Oh, merci, murmura-t-elle en rougissant.

Elle ne pouvait décemment pas lui retourner la politesse, mais elle en mourait d'envie ! Dans son smoking noir et sa chemise immaculée, on n'aurait su dire ce qui frappait le plus chez lui, de la sensualité ou de la classe. Elle se souvint de la première image qu'elle avait eue de lui alors qu'il portait seulement un jean, exhibant son magnifique torse musclé et bronzé. Décidément, c'était vraiment le plus bel homme qu'elle eût jamais rencontré…

— Je viens d'avoir un message de Marie, tout va bien, elle est enchantée, dit-il en lui tendant la main pour la conduire vers l'ascenseur.

— Elle a été très couvée par sa mère, je comprends qu'elle ait envie de s'amuser un peu. Elle était une petite fille si raisonnable... Comment étiez-vous quand vous étiez enfant ?

— Très turbulent.

— Comme tous les garçons Le Blanc !

— Mais ensuite, je me suis beaucoup assagi. Quand j'étais adolescent, déjà, je trouvais des petits boulots pour aider ma mère à joindre les deux bouts. Et aujourd'hui, je suis un homme on ne peut plus sérieux !

Clarissa se contenta de sourire de sa réponse car ils arrivaient sur le perron du grand hôtel, devant lequel les attendait leur limousine.

La soirée fut à la mesure de l'après-midi. Dans le restaurant luxueux où Jake la conduisit, le repas fut parfait. La cuisine était délicieuse et les vins exquis. Quant à leur conversation, elle fut tout aussi simple et agréable que dans la journée. Ils parlèrent beaucoup des films américains qu'ils avaient vus l'un et l'autre et Clarissa sentit peu à peu ses appréhensions s'envoler. Mais il lui suffit d'un regard un peu trop appuyé de Jake pour perdre de nouveau son sang-froid.

Après le dîner, ils se rendirent dans la salle voisine où les clients pouvaient danser. Jake l'invita à partager un slow langoureux. La musique était belle et Clarissa, serrée contre lui, éprouvait un doux vertige auquel elle s'abandonnait avec bonheur. Elle aurait voulu que ce moment merveilleux soit éternel.

Et tout à coup, malgré l'ivresse qui la gagnait et qu'elle devait tout autant à son compagnon qu'au champagne et aux vins capiteux, elle eut subitement un éclair de lucidité : elle était en train de tomber amoureuse ! Cette révélation provoqua en elle une véritable panique. Il ne fallait surtout pas ! Elle ne devait à aucun prix aimer un homme qui ne l'aimait pas, qui ne l'aimerait jamais ! Jake allait repartir dans son pays et elle resterait seule en Marique. Seule et... extrêmement malheureuse.

Elle se raidit brusquement entre ses bras. Alors que tout son être appartenait en cet instant à Jake, elle dut faire un effort de volonté surhumain pour chasser de son esprit les sentiments qui l'assaillaient. Elle aurait voulu se serrer encore plus fort contre lui et l'embrasser sans fin, mais elle devait au contraire se raisonner pour résister à son désir.

Elle avait été amoureuse de Philippe, mais jamais de cette façon. Pas au point de ne penser qu'à lui tout le temps, d'avoir envie de le voir, de l'entendre, de partager avec lui ses moindres sensations... Et aussi de le connaître vraiment, comme s'il était une autre part d'elle-même.

— Vous ne vous sentez pas bien ? demanda-t-il brusquement, l'air un peu inquiet.

— Si, mais je crois que je suis un peu fatiguée et... j'ai un début de migraine, à cause de l'alcool, sans doute...

Tout en prononçant ces mots, elle se dit qu'elle aurait pu trouver une excuse plus originale. Mais elle se sentait si désespérée tout à coup qu'elle n'avait plus qu'une envie : se retrouver seule dans sa chambre pour pleurer.

— Voulez-vous que nous retournions à l'hôtel ? s'enquit Jake avec douceur.

— Oui, je crois que ce serait plus sage...

Il saisit soudain son menton entre ses mains.

— Quel dommage de ne pouvoir prolonger ce moment ! dit-il d'une voix grave où perçait une étrange émotion.

Ses yeux noirs la scrutaient avec une telle sensualité qu'elle se sentit défaillir. Avait-il deviné son mensonge ? Il hocha la tête avec une certaine tristesse.

— J'aurais aimé que vous éprouviez seulement le centième de ce que je ressens ce soir... mais partons, puisqu'il le faut !

Clarissa se sentit à la fois intriguée par ses propos et soulagée à l'idée de rentrer à l'hôtel. Et pourtant, elle aurait voulu que cette soirée ne prenne jamais fin ! Toutes ces contradictions exprimaient bien la confusion dans laquelle elle se trouvait…

Durant le trajet de retour, ils ne purent échanger que quelques mots, empêchés de parler librement devant le chauffeur ou les autres clients de l'hôtel qui montèrent avec eux dans l'ascenseur. Au moment où Clarissa allait ouvrir la porte de sa chambre, Jake lui prit la main et la porta à ses lèvres.

— J'ai passé une merveilleuse soirée…

— Moi aussi, murmura-t-elle.

Elle faillit ajouter que ces quelques heures avec lui avaient été magiques, mais n'aurait-ce pas été un peu ridicule ? S'il l'avait embrassée comme l'autre nuit, elle se serait abandonnée entre ses bras, mais il se contenta de lui sourire tendrement.

— Demain, nous partirons vers 16 heures. Vous aurez le temps de faire un peu de lèche-vitrines avant, si vous le désirez. De mon côté, j'ai un rendez-vous de travail le matin.

— Un rendez-vous de travail ?

— Oui, avec l'un de mes associés qui arrive de Los Angeles. Je l'ai appelé pour lui exposer ce projet immobilier dont je vous ai parlé. Il va nous accompagner en Marique.

— Vous voulez dire… pour construire un complexe touristique dans la montagne ?

Ce genre de projet ne l'intéressait pas vraiment à cette heure tardive ! La seule chose qu'elle désirait, c'était qu'il l'embrasse, mais elle ne pouvait tout de même pas se jeter à son cou !

— Ce sera une source importante de revenus pour la principauté. Mais nous en reparlerons, je vous ennuie. Allez vite vous reposer !

Il attendit qu'elle ait ouvert sa porte, puis s'éloigna pour rejoindre sa propre chambre. Clarissa le suivit des yeux dans l'espoir de le voir se retourner, mais en vain. Alors, elle se résigna à aller se coucher, horriblement déçue par la manière dont ils s'étaient quittés.

Que voulait-il au juste ? Il prétendait se désintéresser de la principauté, mais il cherchait des idées pour en développer l'économie. Et son projet immobilier était la seule chose dont il avait cru bon de lui parler avant de lui dire bonsoir… Décidément, cet homme l'étonnerait toujours.

Le lendemain, Jake laissa un message à Clarissa et Marie pour leur demander de le rejoindre à 15 heures et non à 16 comme prévu. L'entretien avec son collègue Hugh Cartier s'était déroulé à merveille et ce dernier s'était montré impatient de visiter la principauté de Marique.

Quand les deux jeunes filles arrivèrent dans le hall de l'hôtel où il les attendait avec Hugh, Jake remarqua aussitôt que son associé n'avait d'yeux que pour Clarissa. C'était un homme d'une cinquantaine d'années mais qui en paraissait beaucoup moins et appréciait la compagnie des jolies femmes.

Jake songea soudain à la manière dont Clarissa et lui s'étaient quittés la veille après la délicieuse soirée qu'ils avaient passée ensemble. Pourquoi n'en avait-il pas profité pour l'embrasser ? Et aujourd'hui, il n'avait même pas pu lui consacrer un petit moment ! Quel dommage…

Mais son projet passait avant tout, et il fallait bien qu'il rencontre Hugh pour lui en exposer les détails. Il espérait de tout son cœur avoir l'occasion de partager d'autres moments d'intimité avec Clarissa. Mais le temps lui était compté, car il reprendrait bientôt l'avion pour Los Angeles… Il retrouverait ses activités habituelles et, de son côté, elle retournerait à son travail. Mais peut-être aurait-elle l'occasion de revenir aux Etats-Unis, pour développer l'exportation du savon artisanal par exemple ?

Quand les présentations eurent été faites, ils prirent tous place dans la limousine qui les conduisit à l'aéroport. Hugh se tourna aussitôt vers Clarissa avec un sourire charmeur.

— Je suis enchanté à l'idée de visiter votre principauté. Jake me l'a décrite comme un petit paradis loin de l'agitation du monde moderne, et les lieux comme celui-là se font de plus en plus rares !

— Je suis assez surprise que deux Américains comme vous puissent s'intéresser à notre petit pays, dit Clarissa d'un air modeste.

Il eut un léger rire complice.

— En réalité, nous avons deux options. Soit construire un grand complexe ultramoderne pour la pratique de tous les sports d'hiver dans un cadre luxueux avec une vie nocturne de grande classe, soit conserver au site son aspect traditionnel et viser une clientèle peut-être plus modeste mais désireuse de rester proche de la nature. Dans les deux cas, il faudra mettre en valeur le paysage qui selon Jake est une splendeur…

— Tu le constateras bientôt par toi-même, ajouta Jake d'un air nonchalant.

Hugh ne quittait pas Clarissa du regard, et son attitude commençait à l'agacer un peu. Mais il fallait que son associé accepte son projet et le charme de la jeune femme ne pouvait pas nuire à la réussite de l'affaire ! C'était important pour le petit pays qui n'avait plus beaucoup d'autres ressources que le tourisme puisque l'industrie lainière était très limitée. De plus, son grand-père verrait sans doute d'un bon œil son initiative.

Marie semblait s'intéresser elle aussi à la conversation, et à Hugh lui-même.

— Est ce que vous vivez à Los Angeles ? lui demanda-t-elle avec sa candeur habituelle.

— A Malibu, c'est juste à côté. Etes-vous déjà allée en Californie ?

— Non, pas encore, mais j'ai l'intention de m'y rendre bientôt, car Jake m'a invitée à passer quelques semaines chez lui.

Clarissa sursauta légèrement et regarda Jake d'un air surpris quand il confirma les propos de Marie en hochant la tête. Ils ne purent échanger que peu de mots jusqu'à l'aéroport et, en montant dans l'avion, ils n'eurent pas le loisir de s'asseoir l'un à côté de l'autre. Jake laissa à Hugh la place près du hublot pour qu'il puisse admirer le paysage de la principauté.

Après leur atterrissage, Hugh se montra enthousiaste quant à la beauté du pays. Marie s'approcha de lui en minaudant un peu.

— Si vous voulez, je peux vous faire visiter la région. J'aimerais prendre une part active à votre projet, moi aussi.

— Vraiment ? C'est une bonne idée. Et Clarissa pourrait se joindre à nous.

— Je suis désolée, mais je vais être très occupée les prochains jours, répondit cette dernière un peu sèchement.

S'imaginait-il qu'il pouvait disposer de son temps ? C'était bien une attitude d'entrepreneur richissime ! Il croyait sans doute qu'elle n'attendait que ses ordres ! Mais Jake ne s'était-il pas montré parfois tout aussi autoritaire avec elle ? Il s'était rattrapé par la suite, fort heureusement. Elle esquissa un sourire malgré elle en songeant à la délicatesse qu'il manifestait maintenant à son égard.

Par ailleurs, elle ne tenait pas à se fâcher avec Hugh car elle mourait d'envie de participer au projet qu'il allait mettre en œuvre avec Jake. Bien sûr, elle y consacrerait une faible part de son temps puisqu'elle devait songer à reprendre ses propres activités interrompues par la mission que lui avait confiée le prince. Mais elle espérait tout de même avoir son mot à dire dans cette affaire qui lui tenait à cœur.

Le lendemain, elle fut invitée à prendre le thé chez Gustine qui lui posa une foule de questions sur leur voyage, mais aussi sur les projets de Jake et sur son installation au palais. Elle ne chercha pas à lui cacher son mécontentement.

— Je ne comprends pas que le prince vous ait chargée d'aider Jean-Antoine à s'installer alors que vous auriez dû épouser Philippe ! A quoi songe-t-il ?

Clarissa prit un petit-four en cherchant une réponse. Elle ne pouvait pas expliquer à Gustine à quel point elle avait oublié Philippe ! Toutes ses pensées étaient tournées vers Jake et c'est avec lui qu'elle aurait rêvé de se marier ! Il ne l'aurait sans doute pas laissée seule comme le faisait son cousin. S'il aimait une femme, il l'emmènerait partout avec lui, elle le connaissait assez maintenant pour l'affirmer. Il se montrait trop empressé avec elle, une étrangère, pour négliger un jour sa propre épouse.

Hélas, elle ne pouvait s'empêcher de s'imaginer dans ce rôle... et ce fantasme la faisait cruellement souffrir.

— Clarissa ?

La voix aiguë de Gustine la fit sursauter.

— Oh, pardon, je suis distraite..., bredouilla-t-elle.

— Je vous parlais de la cérémonie de samedi prochain. Le prince tient à présenter officiellement Jean-Antoine à tout le monde. Il est fier d'annoncer au peuple qu'il y a bien un héritier à la couronne.

Clarissa songeait avec anxiété à la déception du prince lorsque Jake lui apprendrait son départ.

— Excusez-moi, Gustine, mais je dois vous quitter..., dit-elle soudain en se levant.

Elle venait de décider d'aller voir elle-même le prince Guilliam pour s'entretenir avec lui. Contrairement à ce qu'elle redoutait, il accepta aussitôt de la recevoir. Il l'accueillit aimablement dans son bureau privé.

— Bonjour, Clarissa. Vous désiriez me parler ?

— Merci de me recevoir, Monseigneur.

— Oublions le protocole ! Vous auriez pu être ma petite-fille, après tout.

— C'est vrai…

— Je ne sais pas quel genre de souverain Philippe aurait été. En tout cas, vous auriez fait une magnifique princesse. Mais laissons là ces regrets, vous n'êtes pas venue me parler de lui.

— Non, je voudrais vous dire quelques mots concernant Jake… Enfin, Son Altesse Jean-Antoine.

— Il préfère qu'on l'appelle Jake, n'est-ce pas ? Savez-vous pourquoi ?

— Eh bien, justement… Je me dois de vous mettre au courant de ses projets avant la cérémonie de samedi s'il ne l'a pas encore fait. Il n'a pas l'intention de rester en Marique.

Le prince resta un moment silencieux, le regard perdu au loin par la fenêtre. Puis il hocha la tête avec gravité.

— J'avais donc raison de craindre que la succession soit difficile… Il m'a dit dès le début qu'il voulait repartir aux Etats-Unis, mais j'espérais qu'il changerait d'avis après un séjour chez nous.

— Il n'a pas changé, apparemment.

— Pourquoi refuse-t-il la couronne ? Le savez-vous ?

— Il ne refuse pas la couronne, mais plutôt…

— Plutôt quoi ? Dites-le !

— Eh bien, disons… sa famille.

— Ah… il n'a pas pardonné, n'est-ce pas ?

Clarissa baissa la tête. La réponse était évidente. Le prince laissa échapper un soupir. Elle dut se retenir pour ne pas lui exprimer sa propre tristesse. Mais il parut deviner son malaise.

— Je suis désolé de vous avoir mêlée à cette affaire, Clarissa.

— Je suis toujours heureuse de pouvoir servir mon pays, répondit-elle sur un ton un peu solennel.

Elle aurait voulu trouver un argument pour défendre Jake et consoler le vieux souverain, mais elle se sentait impuissante.

— Avez-vous commencé à vous occuper de la décoration de ses futurs appartements ?

— Je crois que cela ne servirait pas à grand chose, hélas.

— Peut-être, mais il faut essayer tout de même. Vous le connaissez mieux que moi, il doit bien y avoir un moyen de le retenir… au moins quelque temps.

— Si vous pensez que c'est nécessaire, je veux bien m'en charger.

— Demandez donc à Gustine où ont été entreposés les meubles de Joseph. J'enverrai des domestiques pour vous aider.

— Euh… Monseigneur, je ne sais pas si c'est une très bonne idée…

— Ou alors, qu'on lui loue une maison meublée en attendant puisqu'il souhaite rester indépendant ! De cette manière, peut-être pourrait-il se sentir mieux dans notre pays ?

— Peut-être en effet. En tout cas, je l'espère…

— Je m'en remets à vous, Clarissa. Trouvez une solution, et tenez-moi au courant. Au revoir.

— Au revoir, Monseigneur. Je suis désolée d'avoir été la messagère d'une mauvaise nouvelle.

— Non, je vous remercie de m'avoir averti, au contraire.

Après avoir quitté le monarque, Clarissa se surprit à pester toute seule contre les deux hommes qui ne parvenaient pas à se rapprocher et compliquaient tout. Jake et Guilliam étaient de la même famille pourtant, mais c'était aussi ce qui les rendait aussi entêtés l'un que l'autre !

Elle prit un bloc-notes sur le bureau de la secrétaire et traversa le palais pour se diriger vers l'appartement réservé à Jake. La porte n'était pas fermée. En entrant, elle imagina ce qu'était ce lieu du temps de Joseph, qui avait la réputation d'être un bon vivant. Il donnait de fastueuses réceptions chez lui et l'alcool coulait à flots. Est-ce que Jake aurait développé les mêmes tendances s'il avait été élevé dans le luxe, comme son père ?

Elle se dit que non, car il lui semblait vraiment différent du reste de la famille sur ce point. Elle passa d'une pièce à l'autre en essayant de se les représenter meublées au goût de Jake. Quel style de mobilier aimerait-il ? Certainement pas le même que son père…

En arrivant dans la vaste chambre principale, elle se dirigea vers les hauts panneaux de velours pour les ouvrir. Un nuage de poussière l'enveloppa. Il faudrait songer à les remplacer, bien entendu. La vue sur les jardins était magnifique, et on pouvait voir un peu plus loin le labyrinthe de verdure. Elle eut un frisson en se rappelant brusquement ce qu'il s'y était passé…

— Clarissa ?

La voix de Jake ne la surprit pas outre mesure. C'était comme si sa rêverie l'avait fait surgir près d'elle. Mais peut-être rêvait-elle encore ?

— Que faites-vous là ?

— Euh… je rêve…

— Vous rêvez ?

— Oui, j'imagine ce que pourrait être votre appartement une fois bien décoré. Voulez-vous y remettre les meubles de votre père ?

— Clarissa, vous perdez votre temps.

— Pourquoi ? Vous reviendrez peut-être…

Il hocha la tête et s'avança vers elle avec un tendre sourire. Puis il la prit dans ses bras.

— Non, c'est vous qui allez venir avec moi en Amérique.

9.

Il posa ses lèvres sur les siennes et l'attira contre lui. En une fraction de seconde, la réalité s'effaça pour laisser place à la magie, celle de leur soirée romantique à Paris. Jake l'embrassait passionnément et elle répondait à son baiser avec non moins d'ardeur, laissant pour la première fois de vertigineuses sensations l'envahir sans résister.

Soudain, à travers le désir qui la brûlait de part en part, elle se sentit plus femme que jamais. Quand sa bouche s'ouvrit sous celle de Jake, il lui sembla qu'elle quittait la terre et que le temps allait s'arrêter.

Ses doigts s'enfouirent naturellement dans l'épaisse chevelure brune de cet homme auquel elle osait enfin s'abandonner tout entière. Ses seins pressés contre son torse s'enflaient d'une envie de caresses que le doux obstacle du tissu rendait presque insupportable. Elle aurait voulu sentir sa peau nue contre la sienne et laisser ses mains courir sur tout son corps…

Il prolongeait son baiser comme s'il voulait assouvir une soif trop longtemps contenue, et elle se sentait presque défaillir sous son étreinte. Soudain, les mots qu'il avait prononcés se mirent à résonner à ses oreilles. Il voulait qu'elle le suive en Amérique ? A cet instant précis, elle l'aurait suivi au bout du monde !

Ses doigts prirent possession de sa nuque et elle s'accrocha à lui comme si elle craignait de le perdre. Les lèvres de Jake avaient quitté les siennes pour se promener le long de son cou et descendre lentement vers sa poitrine. Il ouvrit d'abord un bouton de sa robe, puis un second, sans qu'elle trouve la force de protester. Quand il prit doucement ses seins entre ses mains, elle poussa un léger gémissement de plaisir.

Ils glissèrent sur le sol, étroitement mêlés l'un à l'autre, et elle osa enfin passer sa main sous sa chemise pour sentir sa peau. Bientôt, ils se retrouvèrent torse nu l'un contre l'autre, haletants et ivres de désir.

— Que tu es belle…, murmura-t-il dans un souffle.

Elle se sentait plus que belle, plus qu'heureuse ! Pour la première fois de sa vie, elle avait vraiment l'impression d'exister… Il reprit sa bouche et l'entraîna encore dans un voluptueux baiser. Elle perdait tout à fait le contrôle de sa volonté et se serait sans doute donnée entièrement à lui si, tout à coup, une voix n'avait surgi dans la pièce voisine.

— Jake ?

C'était le prince Guilliam ! Ils s'arrêtèrent comme sous l'effet d'une douche froide et bondirent aussitôt sur leurs pieds en se rhabillant à toute vitesse. Clarissa tremblait de tous ses membres tandis que Jake se précipitait dans le salon pour y intercepter son grand-père. Elle eut beaucoup de mal à rattacher son soutien-gorge et sa robe tant ses doigts refusaient de lui obéir. Enfin, elle réussit à calmer sa frayeur et se recoiffa tant bien que mal, tout en secouant la poussière qui avait maculé sa robe.

Elle entendit les voix du prince et de Jake dans la pièce voisine. Devait-elle rester cachée ou se montrer ? Si seulement il y avait eu un miroir quelque part pour qu'elle puisse vérifier sa tenue… et l'expression de son visage, dont les yeux brillants et les lèvres gonflées devaient sûrement la trahir !

Elle prit une profonde inspiration et décida de rejoindre les deux hommes, son bloc-notes sous le bras et l'air innocent. Mais son cœur battait toujours à une folle allure et elle se sentait loin d'avoir recouvré son sang-froid. Elle hésitait encore.

Pourtant, il était préférable qu'elle se montre plutôt que de rester dans la chambre où le souverain pourrait la découvrir. Sa présence paraîtrait alors encore plus louche car il se demanderait pourquoi elle se cachait ! Elle entendit sa voix grave qui s'adressait à Jake.

— C'est l'un des gardiens du parc qui m'a dit vous avoir vu entrer ici. Alors, cet endroit vous plaît-il ?

— Il est magnifique, comme tout le reste du palais d'ailleurs, répondit Jake poliment.

— Votre père l'avait choisi à l'âge de dix-huit ans.

Clarissa, encore tapie derrière la porte, l'entendit se déplacer vers l'une des fenêtres.

— Je n'étais pas revenu ici depuis des années et j'ignorais dans quel état d'abandon se trouvaient ces pièces ! Votre grand-mère devait être bien peinée pour donner l'ordre de fermer ce lieu et de l'oublier, en quelque sorte… Je vais demander qu'on le fasse rénover.

Jake gardait le silence. Clarissa se demanda si ce n'était pas le moment d'apparaître, mais le prince reprit la parole.

— Quand on avance en âge, il arrive qu'on remette en question les décisions qu'on a prises dans sa jeunesse… Peut-être ne le croirez-vous pas, mais Joseph était mon fils préféré.

Il se tut un bref instant avant de poursuivre :

— Bien sûr, un père ne devrait pas tenir ce genre de propos. Michael était un bon fils et je le pleure chaque jour. Mais il n'avait pas la personnalité flamboyante de votre père, ni son sens de l'humour. Il m'a terriblement manqué…

— Vous lui avez signifié votre préférence en le répudiant ! lança Jake sur un ton amer.

— J'espérais ainsi le rapprocher de moi, aussi paradoxal que cela puisse paraître. Par une mesure aussi dure, j'espérais le faire réfléchir et le ramener à la raison. J'essayais de le protéger contre sa propre désinvolture qui frôlait l'arrogance.

— Mais d'après ce que ma mère m'a raconté, vous l'avez mis dans une situation très difficile.

— J'aurais dû rechercher le dialogue, c'est vrai. Aujourd'hui, je regrette mon attitude. J'aurais pu lui accorder plus de confiance et accepter de le voir choisir sa vie au lieu de m'obéir. Après tout, il avait le droit d'épouser la femme qu'il aimait.

— C'est ce qu'il a fait.

— Hélas, je n'ai compris cela qu'après sa disparition.

Retenant son souffle derrière la porte, Clarissa n'osait toujours pas se montrer. Mais les larmes lui montaient aux yeux en entendant le prince avouer ses remords et son chagrin d'avoir perdu son fils.

— Je suis sincèrement désolé de ce qui s'est passé et je vous demande de me pardonner, dit-il encore d'une voix grave.

Jake gardait le silence. Elle joignit les mains en souhaitant très fort qu'il réponde à son grand-père.

— Je sais que vous projetez de partir après la réception de ce week-end, ajouta le prince d'un air résigné.

— C'est Clarissa qui vous l'a dit ?

— Elle a jugé plus sage de me mettre au courant. Mais peu importe que vous refusiez la couronne maintenant, elle sera tout de même à vous après mon décès, que vous le vouliez ou non. Et je suis sûr qu'à ce moment-là vous changerez d'avis et que vous assumerez votre devoir.

— Et si je persiste à refuser ?

— Un tel cas ne s'est jamais produit dans notre famille aussi loin que l'on remonte dans les générations. Il faudrait alors que le parlement vote de nouvelles lois. Mais... songez tout de même à l'importance de votre héritage avant d'y renoncer définitivement.

— Peut-être Marie pourrait-elle vous succéder ?

— Pourquoi pas ? Elle est une descendante directe, elle aussi. Nous n'avons jamais eu de princesse régnante, mais les traditions peuvent évoluer.

Clarissa les entendit faire quelques pas, puis la voix du prince s'éleva de nouveau.

— Ah, au fait, avant de vous quitter, j'ai ceci à vous remettre. C'était à votre père et je serais heureux que vous le portiez à la réception. Mais j'imagine que vous n'en ferez rien... Réfléchissez.

Les pas du prince s'éloignèrent et Clarissa devina qu'il était sorti. Elle se hasarda hors de sa cachette. Jake lui lança un coup d'œil amusé.

— Je suppose que je n'ai pas besoin de vous rapporter la conversation ?

Il avait entre les mains un gros médaillon attaché à un ruban blanc.

— J'ai tout entendu en effet. Vous vous êtes montré très dur avec votre grand-père.

— Oh, je suis sûr qu'il a assez de dureté lui-même pour faire face.

— Il a vécu un certain nombre de drames dans sa vie et en effet il a su se montrer fort, comme un souverain doit l'être.

Elle s'avança pour regarder le médaillon que Jake avait toujours entre les doigts.

— Savez-vous de quoi il s'agit ? C'est le symbole du pouvoir, qui se transmet de prince en prince.

— Gulliam prétend que ce médaillon était à mon père.

— Oui, j'ai entendu. C'est à lui qu'il était destiné. Ne croyez-vous pas que sans ce terrible accident qui a causé sa mort, votre père serait revenu un jour ou l'autre en Marique avec vous et votre mère pour y régner ?

— Personne ne peut le dire, et on ne peut changer le passé, n'est-ce pas ?

— Mais on peut décider de son avenir.

Jake serra le médaillon dans son poing fermé en la regardant avec insistance.

— Viendrez-vous avec moi à Los Angeles ?

Clarissa sursauta légèrement. Il n'y avait dans sa voix aucune trace d'émotion, c'était une simple demande. Mais pourquoi aurait-elle répondu oui ? Dans le but de poursuivre la mission qui lui avait été confiée par le prince ? Ou bien de vivre une folle passion ? Mais combien de temps durerait-elle ?

— Ma place est ici, dit-elle en hochant la tête.

— La mienne est là-bas.

— C'est ainsi…

— Je pensais…

Elle tendit l'oreille mais il se ravisa aussitôt.

— Non, rien.

Elle s'empressa de changer de sujet.

— Pourquoi êtes-vous venu visiter cet endroit aujourd'hui ? Et qu'avez-vous fait de votre ami Hugh ?

— Il s'occupe de prendre contact directement avec nos partenaires pour le financement du projet.

— Il a donc aimé les sites que vous lui avez fait voir ?

— Oui, beaucoup.

— Jean-Antoine ?

La voix de Gustine les fit sursauter. Elle venait d'ouvrir discrètement la porte et jetait des regards surpris à l'intérieur.

— Impossible d'être tranquille ici, on se croirait dans la salle des pas perdus ! grommela Jake à mi-voix à l'adresse de Clarissa.

Gustine s'approcha de Clarissa d'un air sévère.

— Vous saviez que Jean-Antoine ne voulait pas rester en Marique ! Pourquoi ne pas l'avoir dit tout de suite ? Moi qui vous considérais comme ma fille ! Et vous avez pris le parti de ce… cet étranger contre notre famille !

— Je ne pense pas que Jake puisse être considéré comme un étranger, rétorqua Clarissa avec force.

Gustine se tourna vers Jake.

— Vous êtes aussi stupidement obstiné que tous les hommes de la dynastie Le Blanc ! Qu'allez-vous faire en Amérique ? Ne croyez-vous pas que le métier de prince vaut mieux que celui de charpentier ?

Jake sourit calmement.

— Si mon gand-père s'était soucié de moi quand j'étais enfant, peut-être ne serais-je pas devenu charpentier. Et je serais sans doute prêt à gouverner ce pays aujourd'hui.

— Mais vous êtes ici, maintenant ! Alors profitez-en !

Clarissa posa discrètement la main sur le bras de Jake pour tenter de prévenir une réponse plus cinglante. Il lui lança un regard un peu agacé et elle sut d'avance que son geste avait été inutile.

— Je suis surpris de vous voir aussi empressée à mon égard, ma tante. Jusqu'ici, vous ne m'avez pas manifesté beaucoup de sympathie.

La noble dame se redressa d'un air digne et froissé.

— J'essaie de me rendre utile à mon pays en cherchant à vous raisonner. Je connais mon devoir et si je peux vous aider à devenir un bon prince, je ferai pour cela tout ce qui est en mon pouvoir.

En voyant le regard de Jake, Clarissa faillit éclater de rire. La sincérité de Gustine était certes touchante, mais l'emphase de ses propos était un peu ridicule. Cependant elle ne pouvait se retenir d'admirer cette femme, qui acceptait avec autant de générosité de voir Jake prendre la place de son époux et de son fils.

— Je prends note de votre conseil, tante Gustine, dit Jake simplement.

Gustine se contenta de hocher la tête avant de se tourner vers Clarissa.

— Je vois que vous persistez à vouloir rénover tout de même cet appartement malgré la décision de mon neveu… Eh bien, bon courage, ma chère !

Elle fit demi-tour pour sortir, les laissant un peu éberlués. Quand elle eut refermé la porte, Clarissa soupira.

— Vous ne m'avez toujours pas dit pourquoi vous étiez venu ici.

— Et vous ? Ne me faites pas croire que c'est pour vous occuper de la décoration. Pourquoi perdre votre temps à des tâches aussi inutiles alors qu'il nous reste si peu de temps à passer ensemble jusqu'à mon départ?

— Je croyais que vous deviez vous absenter les jours prochains pour faire visiter d'autres sites à votre ami Hugh…

— Non, c'est Marie qui s'en charge. Elle va l'emmener dans la région ouest, ils reviendront samedi.

— Vous n'avez pas prévu de les accompagner ?

— Non, j'ai dans mon planning des réunions supplémentaires avec quelques ministres.

Leur conversation fut interrompue par deux légers coups frappés à la porte. L'un des valets apparut.

— Excusez-moi, Monseigneur, mais M. Cartier demande à vous voir.

— Décidément, cet endroit est un vrai hall de gare ! marmonna Jake.

Clarissa lui coula un regard plein de regret. Elle qui rêvait de se retrouver dans ses bras ! Hélas, il tournait déjà les talons pour suivre le domestique. Et dans quelques jours, il disparaîtrait pour de bon… Combien de temps tiendrait-elle avant de le rejoindre à Los Angeles ?

Le lendemain matin, Jake rencontra les ministres avec qui il devait encore s'entretenir. Le prince avait dû leur parler avant leur entrevue à en juger par la manière dont ils firent allusion à son départ sans avoir l'air d'y toucher. Mais après tout, que lui importait leur opinion ?

Vers midi, il les remercia poliment avant de regagner ses pénates. Il se demandait subitement pourquoi il devrait rester en Marique un jour de plus. A quoi rimait sa présence à la réception alors que tout le monde savait maintenant qu'il allait repartir ?

Avait-il accepté d'y assister pour faire plaisir à son grand-père ? Cette question lui parut soudain totalement saugrenue. Il n'avait aucune intention de faire plaisir à ce vieillard qui ne représentait rien pour lui et dont il aurait plutôt aimé se venger ! Alors, pourquoi avait-il dit oui ?

Jérôme l'attendait à son appartement.

— Tiens, vous êtes encore là ? Je croyais vous avoir donné quartier libre, Jérôme! Vous pouvez disposer et vaquer à vos occupations.

Le serviteur hocha la tête avec déférence et se précipita pour l'aider à enlever sa veste.

— Mais, Monseigneur, je n'ai pas d'autre occupation que de vous servir. Je vous attendais.

— Comment saviez-vous que j'allais revenir ? J'aurais fort bien pu ne pas repasser ici.

— C'est mon travail, Monseigneur.

— Savez-vous que je pars dimanche, Jérôme ?

— Vraiment, Monseigneur ? Devrai-je vous accompagner à Los Angeles ?

La question amusa beaucoup Jake.

— Non, sûrement pas ! Vous savez, j'ai pris soin de moi tout seul durant de longues années, j'en suis encore capable aujourd'hui !

— Alors, peut-être pourrais-je vous être utile tout de même en restant ici… Si vous le désirez, je peux vous envoyer régulièrement des nouvelles du palais, par exemple.

— Ce ne sera pas nécessaire. Ma cousine Marie va venir me rendre visite aux Etats-Unis.

— Je suis sûre que Son Altesse la princesse Marie sera enchantée de son voyage, remarqua Jérôme en suivant Jake dans sa chambre.

— Merci, Jérôme, je peux me changer seul, je vous assure. Vous pouvez disposer.

— Pardonnez-moi, Monseigneur, mais je crois que vous devriez voir avant votre départ un coin du pays que vous n'avez pas encore visité, il me semble.

— Vraiment ? Lequel ?

— Belle-Terrasse. C'est un site magnifique avec une vue extraordinaire. Peut-être que cela vous ferait changer d'avis sur notre pays...

Jake saisit aussitôt l'intention de Jérôme. Tout comme Guilliam, Gustine, Marie et Clarissa, il cherchait à influencer sa décision en tâchant de le rendre amoureux de ce coin de montagne...

— Eh bien, j'irai peut-être si j'ai le temps. Merci du conseil.

— J'ai fait préparer votre voiture pour le cas où vous aimeriez vous y rendre aujourd'hui, Monseigneur.

— Vraiment ? Vous êtes une perle, Jérôme.

Jake réfléchit. Après tout, pourquoi ne pas aller visiter ce fameux site ? Il était d'ailleurs étonnant que Clarissa ne l'ait jamais mentionné...

Une heure plus tard, il se garait devant sa porte, le cœur léger. Elle ouvrit d'un air éberlué.

— Jake ! Je ne vous attendais pas du tout ! Que se passe-t-il ? Rien de grave ?

— Je viens vous chercher.

— Pour quoi faire ? J'étais au téléphone avec Paulette, la responsable de la fabrique de savon, à propos d'une livraison en retard.

Jake entra avec un grand sourire.

— Tiens, vous êtes habillé comme à Los Angeles, remarqua-t-elle subitement.

— J'ai décidé d'aller faire une excursion. Je vous emmène.

— Mais…

— C'est un ordre du prince héritier ! Je vous commande de me suivre !

— Eh bien… puis-je savoir où ?

— A Belle-Terrasse.

Le regard de Clarissa changea brusquement, mais Jake ne parvint pas à lire son expression. Une lueur inconnue venait de s'y glisser. Etait-ce de l'ennui ?

— Très bien, je me soumets à votre décision, dit-elle en hochant la tête.

— Mettez votre jean.

— A vos ordres.

— C'est parfait. Dépêchez-vous !

— Mais…

— Encore un problème ?

— Avez-vous l'intention de faire de l'escalade ?

— Non, seulement une promenade à pied sur des chemins de montagne. Rassurez-vous, je ne suis pas aussi casse-cou que mon cousin.

— Vous avez tout de même l'esprit d'aventure, il me semble.

— Un peu plus que vous, sans doute, mais ce n'est pas difficile ! Vous avez une vie si bien réglée !

— Pas aussi bien réglée que vous le croyez !

La remarque de Jake l'avait un peu froissée. Elle allait lui montrer qu'elle n'était pas aussi timorée qu'il l'imaginait !

Oui, mais comment ? Il n'avait plus que deux jours à passer en Marique...

C'était aussi la réflexion qui trottait dans la tête de Jake. Il tenait à découvrir encore quelques coins du pays avant son départ, et à passer le plus de temps possible avec Clarissa. Le lendemain aurait lieu la fameuse réception prévue par son grand-père pour le présenter à un certain nombre de personnages importants de la principauté.

Lui-même avait demandé à inclure à la liste des invités quelques habitants d'Ambère, les fabricants de savon que lui avait présentés Clarissa et qu'il avait trouvés si sympathiques. Il voulait aussi profiter de l'occasion pour les faire connaître à Hugh.

Tandis que Clarissa se changeait dans sa chambre, il songea qu'il ne se passerait sans doute rien de plus entre eux avant son départ. Le baiser qu'elle lui avait accordé la veille n'était dû qu'à un moment de faiblesse et ce n'était certainement pas le genre de femme avec qui on pouvait espérer une aventure. Si elle avait refusé de le rejoindre à Los Angeles, c'était bien aussi ce qu'elle tenait à lui signifier.

Pourtant, il avait bien envie d'essayer, juste pour voir, de poursuivre son petit jeu de séduction et de donner suite à ses approches...

Vers le milieu de l'après-midi, après avoir roulé longtemps au cœur des montagnes, ils arrivèrent enfin au téléphérique de Belle-Terrasse. La salle d'attente était déserte. Clarissa lui désigna sur la carte affichée au mur les quelques points de vue intéressants qu'il allait pouvoir découvrir.

Bientôt, deux autres couples arrivèrent et se joignirent à eux dans la cabine. Jake les vit se parler tout bas et l'observer discrètement. Il commençait à s'habituer à ce genre de réaction de la part des gens qui le reconnaissaient dans les lieux publics. Il se contenta de leur adresser un léger sourire, un peu amusé par le regard satisfait de Clarissa. Et il dut se faire violence pour résister à l'envie soudaine de la prendre dans ses bras.

A l'arrivée au sommet, ils laissèrent les autres personnes s'éloigner avant de s'avancer à leur tour sur le belvédère qui dominait les crêtes. La vue était magnifique et Jake ne pouvait se rassasier de scruter l'horizon. Clarissa posa la main sur son bras en souriant.

— Il y a d'autres points de vue un peu plus loin. Si nous allions nous balader sur le chemin ?

— D'accord, je vous suis, vous êtes mon guide !

Ils empruntèrent un sentier qui serpentait au milieu des buissons et restèrent un certain temps sans parler, absorbés par la beauté du paysage. Enfin, Clarissa prit la parole.

— Je vous félicite pour votre patience avec les habitants du pays. J'avais peur que la manière dont on vous regarde un peu partout ne finisse par vous agacer.

— Non, car la plupart des gens que j'ai croisés ici depuis mon arrivée m'ont paru très sympathiques.

— Ils sont très excités à l'idée de rencontrer leur nouveau prince.

Jake fronça les sourcils.

— Clarissa ! Ne recommencez pas, je vous prie ! Je ne suis pas leur nouveau prince.

— Vous avez raison, cela ne sert à rien. Mais…

— Quoi encore ?

— Vous êtes-vous déjà demandé si votre mère aurait approuvé votre choix ?

Jake ne répondit pas. Ils venaient d'atteindre la seconde plate-forme. La vue était à couper le souffle. De là, on pouvait admirer la vallée entière encadrée de hautes montagnes, et même apercevoir la capitale tout au fond, comme lovée dans un écrin de verdure. Le vert des forêts et des prés prenait sous le ciel bleu un éclat profond et l'air était tout embaumé des diverses essences qui poussaient alentour.

Il se tourna vers Clarissa d'un air triste.

— Ce pays est une merveille et ma mère aurait sûrement aimé que j'en devienne le souverain. Mais si elle était encore en vie, mon grand-père n'accepterait pas qu'elle vive ici à mes côtés. Alors, c'est non.

— Vous vous trompez peut-être.

— Ne cherchez pas à contrefaire la vérité. Vous savez très bien qu'il l'aurait rejetée, et tante Gustine aussi.

— Pourtant, Philippe avait évoqué le projet d'aller vous voir aux Etats-Unis…

— Vraiment ? Dans quel but, je me le demande !

— Juste pour faire la connaissance de son cousin. Hélas, il a été emporté trop tôt.

Jake eut un instant de compassion pour elle. Après tout, elle avait perdu un fiancé, c'était une dure épreuve.

— Clarissa… Qu'allez-vous faire de votre vie, maintenant ?

Elle parut un peu surprise de sa question.

— Oh, simplement poursuivre mon travail, la promotion du savon artisanal. Je suis très excitée par vos projets de diffusion de nos produits.

— Pas d'autre projet ? Un mari, des enfants ?

Comme elle détournait la tête, il lui prit le menton et fut très étonné d'y voir perler de grosses larmes. Ainsi, elle pensait encore à Philippe, se dit-il. Elle était encore amoureuse d'un homme qu'il n'avait pas connu… Il se rappela ce qu'elle lui avait confié à Los Angeles : elle ne tenait pas à tomber de nouveau amoureuse. C'était donc la femme d'un seul homme ?

— Si nous allions voir les autres points de vue avant le coucher du soleil ? dit-il brusquement.

— Vous avez raison, après il sera trop tard, murmura-t-elle.

Pour lui, il était déjà trop tard…

*
* *

Jake avait décidé de passer le samedi matin dans ses appartements. Marie était en voyage dans l'ouest du pays avec Hugh et il s'aperçut qu'elle lui manquait un peu. Alors qu'il avait pris son petit déjeuner tout seul durant des années depuis la mort de sa mère, il s'était accoutumé très vite à le partager avec sa cousine et sa compagnie lui était devenue très agréable.

Il n'avait aucun rendez-vous prévu et se réjouissait de pouvoir se reposer un peu avant la réception de la soirée. Sans doute son grand-père avait-il eu le même sentiment puisqu'il avait suspendu ses réunions. Après tout, son grand âge, quatre-vingt-quatre ans, justifiait bien ce léger répit.

L'après-midi, il eut envie d'aller regarder les portraits de ses ancêtres dans le couloir qu'il avait surnommé « la galerie des glaces » à cause de la mine plutôt froide de tous ces princes disparus. Il s'arrêta longuement devant chacun d'eux pour tenter de déceler dans leurs visages quelque chose d'un peu attachant.

Le dernier portrait, celui de son grand-père à l'âge de vingt ans, l'intriguait tout particulièrement. Il avait dans le regard une lueur avenante qu'il ne lui connaissait pas. Etait-ce l'exercice du pouvoir qui l'avait éteinte ?

En s'attardant sur l'image de sa grand-mère au même âge, il se posa aussi un certain nombre de questions. Avait-elle été amoureuse de son mari ? Etait-elle heureuse de devenir princesse de Marique ? Songeait-elle alors à avoir des enfants ?

Les autres portraits lui semblaient plus lointains. Il s'amusait surtout de leurs accoutrements et de leurs poses arrogantes. Les femmes portaient des robes richement ornées et de lourds bijoux. Les hommes avaient presque tous des barbes ou des moustaches.

Ce qu'on pouvait apercevoir du palais dans les tableaux révélait un faste plus grand encore que celui du décor actuel. Son grand-père avait sans doute des goûts plus modestes, mais les appartements restaient tous très luxueux comparés au pauvre logement qu'il avait lui-même partagé avec sa mère lorsqu'il était enfant.

Il fit brusquement demi-tour pour admirer d'une haute fenêtre la beauté du parc sous le soleil. Mais ses pensées revinrent à la galerie de portraits. Qui serait le prochain prince à figurer parmi les représentants de la dynastie ? Marie, peut-être ? Ou encore un lointain cousin que Guilliam irait dénicher pour lui succéder ? Bien qu'il se soucie fort peu de l'avenir de la principauté, il serait curieux de l'apprendre...

La réception devait commencer à 19 heures. A 18 h 30 précises, Jake se rendit au salon où se regroupait la famille, comme le lui avait demandé son grand-père. Gustine était déjà là, vêtue d'une somptueuse robe en lamé. Elle avait mis pour l'occasion une discrète parure de diamants qui ornait son cou et ses oreilles. Son chignon était parfait et elle paraissait inaccessible.

Jake lui-même portait un costume à queue de pie et une cravate blanche, sur les conseils de son grand-père, ainsi que le médaillon qu'il lui avait donné.

Guilliam arriva bientôt à son tour, vêtu de la même manière, sauf qu'il avait le torse couvert de médailles et de diverses décorations. Il arborait un visage serein, ne laissant aucunement deviner la déception qu'il éprouvait de savoir son petit-fils tout près de quitter le pays.

Marie arriva enfin, tout essoufflée.

— Je suis désolée, j'ai été retardée..., bredouilla-t-elle en faisant la révérence devant le prince.

Puis elle s'approcha de Jake et lui sourit discrètement.

— Vous êtes magnifique ! Les femmes vont se pâmer devant vous ! Elles vont toutes rêver de devenir votre princesse !

Jake fronça les sourcils. Elle poursuivit en riant.

— Ce que je viens de dire est stupide. Tout le monde ici sait bien qu'un prince ne choisit pas son épouse comme il le désire.

— Ah bon ? Comment cela se passe-t-il, alors ?

— La famille se réunit en comité pour décider quelles seraient les prétendantes adéquates. Et finalement, c'est le patriarche qui impose son choix.

Jake demeura songeur. C'était ainsi que son grand-père avait opposé son veto au mariage d'amour de son père ! Mais le comité familial n'avait même pas pris la peine de rencontrer sa mère.

Gustine se tourna vers eux d'un air sévère.

— Nous avons d'autres sujets à débattre aujourd'hui que le mariage de Jean-Antoine ! Il s'agit de le présenter aux notables. Je me demande d'ailleurs pourquoi cette cérémonie doit être réduite à un simple passage en revue.

— Jean-Antoine a refusé le cérémonial habituel. Il a préféré un simple salut de chaque invité.

— Alors, nous serons debout ? s'exclama Marie.

— Oui, évidemment.

— Oh, si j'avais su, j'aurais mis d'autres chaussures, celles-ci me font horriblement souffrir !

— Pas de caprice, ma fille ! Il est trop tard pour aller te changer !

— Mais c'est stupide que tout le monde doive rester debout ! Je pensais qu'il s'agirait d'une présentation traditionnelle et que nous serions assis.

— De cette manière, ton cousin pourra voir chaque personne de plus près, individuellement.

— Oh, je vois, c'est plus démocratique, n'est-ce pas ? conclut Marie en riant.

— Exactement, répondit Jake d'un air satisfait.

Il avait été surpris que le prince accepte sa proposition. Il ne se voyait pas du tout assis sous un dais avec sa famille, chaque personne venant s'agenouiller devant lui pour le saluer. Il était américain, et le protocole lui était profondément étranger. Le prince lui fit signe.

— Il est l'heure… J'espère que vous vous rappellerez que tous ces gens ne sont coupables de rien envers votre père et que vous les recevrez aimablement.

Jake s'inclina avec un discret soupir. Son grand-père le croyait-il assez mal élevé pour se comporter ainsi ? Il le suivit dans la grande salle où devait avoir lieu la cérémonie. Les énormes lustres de cristal brillaient de tous leurs feux tandis qu'un orchestre de chambre jouait dans un coin. De nombreuses chaises étaient disposées le long des murs. Au centre, les deux trônes imposants leur tendaient les bras.

Guilliam alla prendre place sur le sien, mais Jake avait choisi d'accueillir chaque personne debout. Puis le prince fit signe aux serviteurs en grande tenue d'aller ouvrir les larges portes, et les invités entrèrent un à un.

Trois quarts d'heure plus tard, Jake commençait à se demander si son grand-père n'avait pas convié le peuple entier à cette cérémonie. Sa main allait bientôt se paralyser à force de serrer celles de la foule de notables de la principauté ! Son sourire figé lui faisait mal aux mâchoires et il n'avait pas retenu un seul nom parmi tous ceux qui avaient été énoncés par le grand chambellan. Mais quand ce fut le tour de Clarissa de se présenter devant lui, il éprouva soudain un délicieux soulagement. Il échangea deux mots à voix basse avec elle. Une lueur d'amusement dansait dans les yeux de la jeune femme.

— Ce mode de présentation est vraiment inhabituel. C'est la simplicité américaine, je présume ?

Il lui répondit par un sourire las.

— Dites-moi, savez-vous jusqu'à quelle distance de la ville s'étend la file d'attente pour me serrer la main ?

— Vous en êtes à la moitié, à peu près, dit-elle tout bas en riant discrètement.

— Mon Dieu !

— Consolez-vous. Si la cérémonie traditionnelle avait eu lieu, avec révérence et tout ce qui s'ensuit, vous en auriez encore pour trois heures !

On avait dû avertir les invités qu'il ne parlait pas français, car chacun faisait l'effort de s'adresser à lui en anglais ou en espagnol. Mais Jake les écoutait à peine tant il était fatigué. Il ne rêvait plus que de prendre une boisson fraîche dans un coin tranquille.

Enfin, les derniers à l'avoir salué allèrent prendre place contre le mur, et Guilliam lui fit signe.

— Je vais ouvrir le bal avec votre tante. Quand nous aurons commencé la première danse au milieu de la salle, vous viendrez nous rejoindre avec Marie. Ensuite, vous ne serez pas obligé de continuer à danser si vous n'en avez pas envie. Je pense que beaucoup d'anciens amis de votre père aimeraient converser avec vous.

L'orchestre se mit à jouer une valse et le prince entraîna Gustine sur le parquet impeccablement ciré. Quelques instants plus tard, Jake et Marie s'élançaient à leur tour. Elle adressa un discret clin d'œil à son cousin.

— Tout ce protocole est très ennuyeux. Je le connais par cœur, mais hélas, je crains d'être moins à l'aise en Amérique.

— Vous vous adapterez très vite.

— Sans doute, puisque les Le Blanc ont la réputation de s'adapter à tout ! Et puis, j'aurai mon grand cousin pour me guider !

Jake lui sourit gentiment, mais son regard ne cessait d'errer dans la pièce. Marie le regarda d'un air taquin.

— Clarissa est sur votre droite, juste derrière M. Cartier. Vous pouvez l'inviter à danser après moi. Mais ne vous laissez pas trop aller devant tout le monde, cela ferait jaser.

— Oui, je suppose que votre mère tout comme le prince ne cessent d'observer le moindre détail pour juger si l'étiquette est respectée.

— Il y a bien des codes de bonne conduite aussi chez vous, n'est-ce pas ?

— Sans doute, mais ils se limitent à la politesse la plus élémentaire qui est de mise partout, si j'ai bien compris.

La valse venait de prendre fin. Marie prit son cousin par le bras pour l'entraîner dans la direction de Clarissa, mais avant qu'ils ne la rejoignent, un couple s'approcha pour lui dire quelques mots. Marie s'éloigna pour les laisser à leur conversation. Bientôt, un homme d'une soixantaine d'années vint à son tour parler à Jake en précisant qu'il était un ancien ami de Joseph.

Jake écoutait avec attention tout ce que ces gens lui disaient à propos de son père. Mais il suivait du coin de l'œil les déplacements de Clarissa. Elle s'était mise à danser avec un grand jeune homme qui paraissait très empressé. Ensuite, ce fut un monsieur âgé qui vint s'emparer d'elle. Jake ne pouvait se lasser de l'observer. Sa grâce et sa distinction auraient fait d'elle une magnifique princesse. Dommage que le titre lui ait échappé. Le regrettait-elle ? Jamais elle n'y avait fait allusion.

D'autres personnes vinrent se greffer au petit groupe qui entourait Jake. Toutes avaient quelque chose à lui apprendre sur son père et il en était très ému. Mais il attendait tout de même avec impatience de pouvoir aller inviter Clarissa à danser. Et au diable les conventions ! Il se promettait de la garder entre ses bras durant plusieurs danses !

Hélas, au train où allaient les choses, la réception serait finie avant qu'il puisse se débarrasser des bavards qui l'assaillaient !

Les serviteurs en livrée passaient à travers la foule pour offrir des coupes de champagne et de délicieux canapés. On avait ouvert les grandes baies qui donnaient sur le jardin et les invités commençaient à s'égayer sur les pelouses, un verre à la main.

Jake n'avait qu'une crainte, celle que l'orchestre ne cesse de jouer avant qu'il ait le temps de faire danser Clarissa. C'était sa dernière soirée en Marique et il avait trop envie de la tenir encore une fois dans ses bras ! Et peut-être… de lui donner un dernier baiser ?

— J'ai une belle photo de votre père jeune, disait avec enthousiasme son interlocuteur.

Jake eut l'impression de se réveiller d'un doux songe.

— Elle est dans ma propriété à la campagne, quand je m'y rendrai, je la chercherai. Je serai heureux de vous l'offrir, poursuivait l'homme.

Jake ne prit pas la peine de lui annoncer qu'il quittait le pays le lendemain même. L'homme baissa brusquement la voix.

— Joseph serait heureux pour vous. Il a toujours été en rivalité avec son frère Philippe pour la succession au trône.

— Vraiment ?

Jake venait de s'éveiller tout à fait.

— Mais mon père n'avait aucun droit au trône en tant que fils cadet.

— Ah, j'aurais beaucoup d'histoires à vous raconter sur les relations orageuses des deux frères, vous savez…

— Vraiment ? Pourrions-nous aller bavarder un peu à l'écart ?

Il entraîna le vieil homme dans le jardin. Clarissa était momentanément oubliée. Les propos qu'il venait d'entendre avaient capté toute son attention. Ils allèrent s'asseoir sur un banc où, durant plus d'une demi-heure, il eut sur son père des révélations étonnantes. A la fin du récit du vieil homme, seulement, il rentra dans la salle de bal et chercha des yeux Clarissa.

Il l'aperçut au milieu d'un groupe où se tenaient aussi Marie et Hugh. Il se dirigea tout droit sur eux. Il devait arborer une mine étrange car Clarissa haussa les sourcils en le voyant.

— Que se passe-t-il, Jake ?

Il la prit par le bras en s'adressant aux autres.

— Excusez-moi, je vous enlève Clarissa, j'ai besoin d'elle quelques instants.

Ils s'éloignèrent de quelques pas.

— Vous avez besoin de moi ? répéta-t-elle d'un air intrigué.

— Je ne pouvais tout de même pas leur dire que je mourais d'envie d'être seul avec vous !

— Chut ! Pas si fort !

— Je n'ai droit qu'à une danse avec vous, paraît-il. Est-ce vrai ?

— Oui.

— Et si je vous garde après cette valse, et encore après, que se passera-t-il ?

— La population de Marique ne se remettra jamais d'un tel scandale.

— Sauf s'ils ne peuvent pas nous voir.

Il l'entraîna au-dehors, vers le fond du jardin.

— Que voulez-vous dire ?

— Si nous nous réfugions dans le labyrinthe, combien de personnes seraient capables de trouver le centre, d'après vous ?

— Jake ! Vous ne pouvez pas quitter la réception ! Elle est donnée en votre honneur !

— Pourquoi le prince a-t-il invité la moitié du pays ?

— Il n'y a que trois cents personnes.

Il l'entraînait en riant vers l'entrée du labyrinthe.

— Non, Jake ! Vous ne pouvez pas faire ça ! protesta-t-elle encore.

— J'ai à vous parler. Saviez-vous que mon père avait l'ambition d'hériter du trône ?

— Mais… non, je l'ignorais.

— S'il ne s'était pas tué dans un accident, il aurait disputé la succession à son frère, d'après ce qu'on vient de me dire, car il l'en jugeait indigne. Et mon grand-père l'aurait soutenu dans sa démarche.

— Alors, vous auriez été prince héritier de toute manière... Vous voyez, on ne change pas le destin.

Ils arrivaient tout près du labyrinthe. Jake allait y entrer mais Clarissa s'arrêta sur le seuil.

— Jake, vous ne pouvez pas, ce serait un affront à votre grand-père. Vous n'avez pas le droit d'agir ainsi devant tous ses invités.

— Comment ? Vouloir un petit moment d'intimité est un affront ?

— Ce petit moment risque de durer un certain temps, vous le savez bien.

Il lui caressa légèrement la joue en souriant.

— Quel mal y aurait-il ? C'est ma dernière soirée. Je ne vous reverrai plus... avant que vous ne veniez me rendre visite à Los Angeles.

Clarissa baissa la tête. Cette pensée lui faisait mal. Voir partir Jake était pire que d'avoir perdu Philippe ! Si elle ne l'avait jamais connu, sans doute aurait-elle continué à pleurer sur la tombe de son fiancé, mais il avait pris sa place, et beaucoup plus encore...

Elle l'aimait de tout son être ! Elle aurait voulu passer sa vie entière avec lui ! Et non seulement elle le trouvait très beau, mais elle avait appris à l'admirer pour sa force de caractère et sa loyauté. Certes, elle n'approuvait pas sa décision de refuser le trône, mais elle comprenait ses motivations. En agissant ainsi, il restait en accord avec lui-même.

— Il faut nous dire adieu maintenant, Jake, murmura-t-elle, le cœur chaviré.

— Mais nous n'avons pas dansé !

— Adieu, Jake, et bonne chance ! parvint-elle encore à chuchoter avant de tourner les talons et de s'enfuir vers le bout de l'allée, les yeux pleins de larmes.

Elle n'en pouvait plus. Elle avait réussi à tenir durant la réception, à faire bonne figure devant tous ces gens assemblés. Elle avait dansé, bavardé, ri d'un air insouciant. Si elle partait plus tôt, on croirait sans doute qu'elle avait encore du chagrin d'avoir perdu son prince. Personne ne devinerait de quel prince il s'agissait…

Le lendemain matin, Marie accompagna Jake et Hugh à l'aéroport. Durant le court trajet, elle ne cessa de bavarder, en leur exposant tous ses projets pour sa prochaine visite, le mois suivant. Comme Hugh lui suggérait quelques excursions qu'elle n'avait pas prévues, elle s'empressa de les noter sur un petit carnet.

— Je vais jusqu'à l'avion avec vous pour vous faire signe au décollage, dit-elle d'un air enjoué.

Mais, quand il descendit de la limousine, une immense surprise attendait Jake. Clarissa était là, deux grosses valises posées devant elle.

— Vous partez en voyage ? lui demanda-t-il, éberlué.

— Je vais à Los Angeles, si votre invitation tient toujours.

Marie s'approcha d'un air curieux.

— Quelle invitation ?

Hugh lui murmura quelques mots à l'oreille et l'entraîna par le bras vers le petit avion. Jake adressa un sourire ému à Clarissa.

— Oui, l'invitation tient toujours.

Il se pencha pour effleurer ses lèvres.

— J'aimerais savoir ce qui vous a fait changer d'avis.

— Eh bien… notre conversation hier soir dans le jardin.

— Vous disiez qu'on ne pouvait pas aller contre le destin, n'est-ce pas ?

— C'est vrai. Je me le suis répété sans cesse cette nuit. Mais surtout, j'ai réfléchi à cette conviction dont vous parliez, ce besoin de se tenir toujours à ses principes. Je vous admire pour votre ténacité. Et je me suis mise à songer que moi aussi, je devrais tout faire pour arriver à vivre comme je le désire.

Jake n'en croyait pas ses oreilles.

— Bravo, Clarissa…

— Il faut saisir le bonheur quand il passe, et peu importe s'il ne doit pas durer.

Il lui prit la main tendrement en la regardant au fond des yeux.

— Il peut durer toute la vie. C'est en tout cas ce que j'espère.

Brusquement, elle se jeta contre lui.

— Oh, Jake ! Je vous aime tant…

Les mots semblaient jaillir du plus profond de son être. Mais était-ce bien ce qu'elle avait voulu ? Non ! Elle s'était juré de ne l'accompagner à Los Angeles que pour vivre enfin avec lui une aventure torride et s'enfuir ensuite sans qu'il puisse jamais se douter de ses sentiments ! Il était trop tard, les mots lui avaient échappé…

Mais au lieu de paraître ennuyé de son aveu, il la serra dans ses bras et l'embrassa doucement sur la tempe.

— Moi aussi je vous aime, Clarissa. Je vous aime depuis le premier jour…

Il plongea ses yeux dans les siens.

— Voulez-vous m'épouser ?

Elle faillit perdre l'équilibre sous le choc.

— Mais… vous et moi ? Vous voulez dire… ?

— Dites oui !

— Oh, Jake… Oh, oui ! Oui !

Les larmes aux yeux, elle le serra contre son cœur.

— Même si je vous demande de vivre avec moi à Los Angeles, sans domestiques, sans faste princier, sans grandes réceptions ?

Pour toute réponse, elle se jeta à son cou en riant de bonheur. Elle se moquait bien tout à coup des regards des passants. Elle adorait cet homme, son prince ! Elle aurait voulu le crier à la terre entière !

— C'est vous que je veux, seulement vous ! Nous aurons une vie merveilleuse ! Je continuerai à travailler pour les artisans d'Ambère ! Je m'occuperai de la promotion de leurs produits aux Etats-Unis !

— Etes-vous sûre de ne pas avoir le mal du pays ?

— Je suis certaine que non. Je viendrai voir ma famille de temps en temps en Marique. Mais autrement, peu m'importe l'endroit où nous vivrons. Là où vous serez, je serai heureuse avec vous.

Jake venait de s'apercevoir que les badauds s'attroupaient discrètement autour d'eux. Il reprit une posture plus digne.

— Clarissa… je crois que nous avons un public !

Elle jeta un coup d'œil autour d'elle et se mit à rire.

— Eh oui, pendant quelques minutes, vous êtes encore le prince Jean-Antoine !

— Après tout, nous nous en moquons bien, n'est-ce pas ?

— Sans doute ! J'imagine que dans les rues de Los Angeles, personne ne nous remarquera si nous nous embrassons ?

— Sauf si c'est en voiture et que nous nous arrêtons au milieu de la chaussée !

Ses doigts se nouèrent aux siens et il attira sa main à ses lèvres pour y déposer un léger baiser.

— J'avais toujours imaginé qu'un prince ne pouvait pas savoir si une femme l'aimait pour lui-même ou pour son titre.

— Vous avez la preuve du contraire…

— Je ne vous ai jamais cru intéressée, ma chérie. J'ai toujours senti que vous étiez quelqu'un d'honnête.

Il la regarda brusquement d'un air taquin.

— Mais… je crois que je vais devoir changer mon programme…

Elle crut comprendre qu'il plaisantait.

— Vraiment ? Vous ne voulez plus de moi à Los Angeles, finalement ?

— Oh, que si ! Je vous veux à Los Angeles et n'importe où ailleurs en ce monde !

— Alors ?

— Mais je crois que nous devrions nous marier ici.

— Ici ? Dans la principauté ?

— Vous n'imaginez tout de même pas un mariage sans un papa qui vous conduit à l'autel, une maman qui pleure, et des nièces enchantées d'être vos demoiselles d'honneur ?

— Oh, Jake…

Une larme roula discrètement sur la joue de Clarissa. C'était le genre de mariage qu'elle avait toujours rêvé d'avoir, en effet.

— Mais je croyais que vous ne vouliez plus revenir ici ?

— Voilà le changement de programme auquel je faisais allusion. Vous savez que j'ai appris beaucoup de choses hier soir concernant ma famille. Toute la nuit, j'ai réfléchi.

— Et alors ?

— Vous avez raison, on ne peut pas aller contre le destin. Je dois accomplir ce que mon père aurait choisi pour moi. Et puis… je me suis attaché à ce pays. La montagne est superbe ici, les gens sont charmants. J'ai aussi un tas d'idées pour développer le potentiel de la région…

Clarissa l'écoutait d'un air incrédule, les yeux écarquillés par la surprise. Son cœur battait très fort et elle ne rêvait que d'une chose : se blottir contre lui et l'embrasser sans fin, sans se soucier de tous ces gens qui les observaient.

Mais Jake poursuivit ses explications.

— Je retourne à Los Angeles pour me trouver un successeur à la tête de mon entreprise, mais je reviendrai bientôt ici. Et alors, c'est de notre mariage que je m'occuperai, si mon grand-père l'accepte.

— Oh, Jake… C'est magnifique ! Vous allez être prince ! Je n'y croyais plus…

— Vous voyez, vous avez réussi à me convaincre.

— Mais… il y a un problème. Je ne peux pas devenir l'épouse du nouveau prince alors que j'ai été fiancée au premier héritier de la couronne. Que penserait le peuple ?

— Que le conte de fées finit bien, et ils en seront très heureux.

— Ou ils penseront que je ne visais que le titre de princesse…

A ces mots, Jake éclata de rire.

— Tout le monde ici vous connaît assez pour savoir que vous n'êtes pas ce genre de femme. Ne craignez rien, mon amour, ayez enfin le courage d'être heureuse ! Epousez-moi et donnez-moi beaucoup d'enfants !

Elle se mit à rire à son tour.

— Votre Altesse, vos désirs sont des ordres !

Et elle se hissa sur la pointe des pieds pour poser ses lèvres sur les siennes, indifférente à tous les curieux qui les entouraient.

L'ENFANCE VOLÉE, ***de Charlotte Vale Allen***

Roman sensible et émouvant sur l'énigme d'une vie volée, et qui répond à cette question : que feriez-vous si vous découvriez, à la mort de votre mère, qu'elle vous a «volée» à une autre femme et que votre vie n'a été qu'un mensonge ?

Une intrigue captivante, une réflexion sur l'identité, le mensonge et les liens d'amour. Un puzzle passionnant...

— Genre : drame psychologique —

RAPT, ***de Erica Spindler***

Elle n'est qu'un pion dans un scénario macabre. Elle croit le cauchemar terminé...mais il n'a pas encore commencé.

Un thriller qui joue la carte de l'angoisse et plonge le lecteur dans l'univers obsédant d'un psychopathe. On explore cette zone limite où l'on traverse la frontière qui sépare le bien du mal...

«Indispensables», ont écrit les critiques de *USA Today* et du *New York Times*, à propos des romans d'Erica Spindler.

— Genre : angoisse —

LE PIÈGE*, ***de Meg O'Brien***

Sur une île coupée du monde, ils sont tous suspects. Mais il n'y a qu'un meurtrier.

Huis-clos sur fond de cataclysme et de crime. Très fines et rapides notations sur les personnages du roman, un roman servi par le regard aigu et parfois ironique de l'auteur. Meg O'Brien joue à cache-cache avec son lecteur pour mieux lui dévoiler son jeu...

(*déjà publié en France sous le titre : *Mortel abri*)

— Genre : suspense —

LE REFUGE IRLANDAIS, ***de Emilie Richards***

Sous la plume talentueuse de l'auteur se déploie l'histoire prenante et tourmentée des sœurs Donaghue, filles d'immigrants irlandais, au destin marqué par un tragique secret.

Richesse de l'intrigue, finesse de l'analyse psychologique, grand souffle romanesque ! Une lecture passionnante.

— Genre : saga —

ABONNEMENT...ABONNEMENT...ABONNEMENT...

Oui, je désire profiter de votre offre exceptionnelle. J'ai bien noté que je recevrai d'abord gratuitement un colis de 2 livres* ainsi que 2 cadeaux. Ensuite, je recevrai un colis payant de romans inédits régulièrement.

Je choisis la collection que je souhaite recevoir :
(☑ cochez la case de votre choix)

- ☐ **AZUR :** Z4ZF56
- ☐ **AMOURS D'AUJOURD'HUI :** A4ZF53
- ☐ **BLANCHE :** B4ZF53
- ☐ **LES HISTORIQUES :** H4ZF53
- ☐ **ROUGE PASSION :** R4ZF56
- ☐ **DÉSIRS :** D4ZF52
- ☐ **DÉSIRS/AUDACE :** D4ZF54
- ☐ **HORIZON :** O4ZF55
- ☐ **BEST-SELLERS :** E4ZF52
- ☐ **BEST-SELLERS/INTRIGUE :** E4ZF54

*sauf pour la collection Désirs : 1 livre gratuit

Renvoyez ce bon à : Service Lectrices HARLEQUIN
BP 20008 - 59718 LILLE CEDEX 9.

Mme ☐ Mlle ☐ NOM ____________________

Prénom ____________________

Adresse ____________________

Code Postal |_|_|_|_|_| Ville ____________________

Tél. : |_|_|_|_|_|_|_|_|_|_|

Date d'anniversaire |_|_|_|_|_|_|_|_|

Le **Service Lectrices** est à votre écoute au **01.45.82.44.26**
du lundi au jeudi de 9h à 17h et le vendredi de 9h à 15h.

Conformément à la loi Informatique et Libertés du 6 janvier 1978, vous disposez d'un droit d'accès et de rectification aux données personnelles vous concernant. Vos réponses sont indispensables pour mieux vous servir. Par notre intermédiaire, vous pouvez être amené à recevoir des propositions d'autres entreprises. Si vous ne le souhaitez pas, il vous suffit de nous écrire en nous indiquant vos nom, prénom, adresse et si possible votre référence client. Vous recevrez votre commande environ 20 jours après réception de ce bon. Date limite : 31 décembre 2004.

Offre réservée à la France métropolitaine, sousmise à acceptation et limitée à 2 collections par foyer.

Composé et édité
PAR LES ÉDITIONS HARLEQUIN
Achevé d'imprimer en février 2004

BUSSIÈRE
GROUPE CPI

à Saint-Amand-Montrond (Cher)
Dépôt légal : mars 2004
N° d'imprimeur : 40131 — N° d'éditeur : 10392

Imprimé en France